# バナナはおやつに入るんですか？

前田 忍
Maeda Shinobu

文芸社

# CONTENTS

# プロローグ

「……ということで、来週の月曜日は、みんなが楽しみにしていた、秋の豚足《とんそく》です」

ザワザワザワ。

子犬市立子犬西北西小学校五年一組の教室内はザワついた。

土曜日の半ドン授業が終わり、下校する前のホームルームの時間。

机の上には、ランドセル、体操着、黄色帽などが置かれ、担任の吉村歌子《よしむらうたこ》先生（自称二十四歳）の話を聞いているところ。

ザワザワザワ。

みんながザワついているので、

「どうしたの、先生何か変なこと言った？」

吉村先生が聞く。

言った！　ということを、みんながみんな思っていたが、隣の人や、後ろの人とボソボソ話しているだけで、誰も先生には言えずにいる。すると、僕の前の席に座っている、テストをやればいつも百点しか取らないということで、みんなから〝百点〟と呼ばれている片岡学《かたおかまなぶ》が後ろを向く、

「みんなを代表して僕が言おうか」

「オー、言ってくれ」

百点は前を向き手を上げた、

「先生」

「はい、学君」

百点は立ち上がった、

「先生は、まちがってると思います」

「先生、どこかまちがえましたか？」

クラスのみんなが頼んだぞ。というまなざしで百点に注目する。

「はい。先生は水泳の授業の時、ショッキングピンクのハイレグ水着でした。あれはまち

がってると思います」

ガタガタガタ。

教室内のあっちこっちでズッコケる。

僕は百点を座らせ、

「僕も思ってたし、みんなも思ってた。けど、二カ月も前のことだろ、今はそのことでザワついてるんじゃないの」

「え――!?」

驚くな!

しょうがない僕が言おう。そう思った時、女子学級委員で、カワイくて、男子のマドンナ的存在なのだが、なぜか毎日うさぎの着ぐるみを着ていることから、みんなに〝うさぎ〟と呼ばれている川村瞳《かわむらひとみ》が手を上げた、

「先生」

「川村さん」

うさぎは立ち上がった、

「豚足ではないと思います」

クラスのみんなが今度こそ頼んだぞ。というまなざしでうさぎに注目する。

「ブタちゃんのアンヨだと思います」

ガタガタガタ。

教室内のそっちこっちでズッコケた。

もう僕が言うしかない。そう思い手を上げた、

「先生」

「はい、レーズン君」

僕、藤田《ふじた》良伸《よしのぶ》はレーズンが大嫌いで、給食にレーズンパンが出た時、パンからレーズンを全部掘り出し、教室内にバラまいたことから〝レーズン〟とみんなから呼ばれている。

「何で、僕だけニックネームで呼ぶんですか、ハイレグ先生」

「レーズン君も、今先生のことをニックネームで呼んだじゃない」

「そ、そんなことより、豚足じゃなくて、遠足ですよ、秋の遠足」

「へ――」

感心するな！

「先生」

今度は、男子学級委員で、カッコよくて、クラスの女子に大人気の三国光一郎《みくにこういちろう》が手を上げた、

「三国君、何ですか」

「プリントに、おやつは三百円以内と書いてありますが、オーバーしてはいけないんですか」

ザワザワザワ。

クラスのあちらこちらで「そうよ」「ちょっと少ないな」という声が聞こえてくる。

僕はチラッと横の席に座っている石沢好江《いしざわよしえ》を見る。ぷくっと肥った体形を丸くかがめ、下を向いている。

好江には父親がいず、母親と二人で暮らしているため、家が裕福ではない。だから、おやつ代三百円というのも贅沢《ぜいたく》な話なのだ。しかし、なぜぷくっと肥っているかというと、クラスで残った給食をタッパーに入れ、家に持ち帰っているからで、食料には不自由していないらしい。みんなからは〝タッパー〟と呼ばれている。

「三国君は、いくら分持っていきたいの」

先生に聞かれた光一郎は、茶色に染めた髪をかき上げる、

いる。

「えーと、二千万円分ぐらいかな」

「ヒュー」「キャー」という喚声が上がる。そう、三国光一郎は、子犬市、いや、全国でも有数の大金持ちの御曹子《おんぞうし》なのだ。みんなからは、ボンボンを縮めて〝ボン〟と呼ばれている。

「それは多すぎるわね。おやつの家ができちゃうから」

「どのくらいならオーバーしていいんですか」

「そうねぇ……一応規則だから……」

先生は上目使いで考え、

「ダメ!!」

と、第一回大声だそうよ選手権、準優勝ぐらいの大声で否定した。

「先生」

「はい、レーズン君」

やっぱり僕だけニックネームだ。まぁいいけど。

「バナナはおやつに入るんですか?」

僕が質問したところで、

ピンポンパーンポーン。

校内放送が流れてきた。

「えー、一斉下校のため、全校生徒が校庭に並んでいるんですが、五年一組の生徒だけ、まだ出てきていないようです。他の生徒が待っています。完全に包囲されています。諦めて出てきなさい」

と、校長先生が刑事風に言った。

「そういうことです。みんな早く校庭に出ましょう」

「起立」

うさぎが号令をかける、

「礼、着席」

……座っちゃだめだと気が付いたボンが、号令をかけ直す、

「起立、礼」

「先生さようならー」

「はい、さようなら。土日に怪我や病気をしないようにね。月曜日は蛇足《だそく》です」

「遠足！」

「そ、そうね。さ、急いで校庭に出ましょう」

バナナはおやつに入るんだろうか？　結局分からないまま、急いで外に出る僕でした。

# 1　ボンの家

日曜日の朝、僕はみんなと遠足のおやつを買いに行く約束をしていた。

「いってきまーす」

「いってらっ……」

お母さんの声が聞こえるか聞こえないうちに玄関を飛び出し、自転車に乗った。

朝の九時半に、ボンの家に集まることになっているのだ。

本当は、昨日学校が終わった昼すぎから買いに行きたかったけれど、おのおの、僕はヌンチャク道場、ボンはフェンシングレッスン、百点は学習塾、うさぎはピアノ教室、タッパーは魚釣り、とやることがあったので、今日買いに行くことにしたのだ。

秋晴れの景色を見ながら、県境を流れる県境川《けんざかいがわ》の堤防沿いを自転車で走る。

二十分ぐらい走ると、街はずれ、山のふもとにあるボンの家に着いた。

周りを木々に囲まれた洋館は、ここが日本ではないように錯覚してしまうほどのスケールがある。

鉄格子でできた門の横にあるインターホンを押す。

少し待つと、

「レーズン君ね、今開けるから待ってね」

と、インターホンからお手伝いさんの声がした。

ガラガラガラ。

門が自動的に開き、僕は自転車を乗り入れる。門と館の間には、学校の教室が十六個ぐらい入る大きな庭がある。

庭は一面芝生で、真ん中に五メートル幅の石畳の道が門から館まで一本通っている。そしてその途中に丸い噴水があり、水が上がっている。僕は緑色から茶色にかわりつつある芝生を見ながら、石畳の道を通る。

高級外車が並ぶ車庫に自転車を置き、館の前に立つ。

ギギギー。

音を立て、三メートルほどある木のドアが開く。中は、二階まで吹き抜けになったフロアが広がり、上を見れば豪華なシャンデリア、下はフワフワの絨毯が敷かれている。

僕が初めてここに遊びに来た時、絨毯が敷かれているので、靴を脱いで入ったら「靴履いてていいのよ」とお手伝いさんに言われ、恥ずかしかった覚えがある。

そのお手伝いさんが来た、

「レーズン君、おはよう」

「おはようございます」

「ボン坊っちゃんは、自分のお部屋で待ってますよ」

「はい。もう誰か先に来てますか」

「はい、タッパーちゃんとうさぎちゃんは来てますよ」

「そうですか」

僕は何回も遊びに来たことがあり、ボンの部屋が四階にあることを知っているので、フロア右にあるエレベーターに向かう。

すると、キンコーンという音がフロア中に響いた。インターホンの音だ。

お手伝いさんが走ってきてエレベーター横の部屋に入る。誰か来たのだろう。

ドアが開いていたのでチラッと部屋の中を覗くと、この洋館の雰囲気とはまるで違う近代的な部屋で、僕はビックリした。

小さな部屋には、小さなテレビ画像が十数台、壁にはめ込まれている。

椅子に座っているお手伝いさんがデスクからのびた受話機を持ち、しゃべっている。

そして、僕が覗いていることに気付くと、ニコッと笑い手招きする。

「今、百点君が来たのよ」

僕は部屋に入り、お手伝いさんが指さすテレビを見る。

ちょうど百点が門を入ってくるところが映っていた。

これはどうやらテレビではなく、防犯モニターのようだ。

「この部屋は、門のインターホンとつながっているのよ」

「へー、だけど他にもいろいろ映ってるけど」

「邸内のところどころに防犯カメラが設置してあるの。ここには高価な絵画や貴重なものが沢山あるでしょ。泥棒さんが入っても、バッチリ映るようにね」

「すげー」

僕はこの部屋の存在を初めて知ったのだ。庭が映ったモニターで百点を見る。

百点は自転車を門のところに置き、背負っているリュックから何か本を取り出した。

そしてその本を読みながら歩いてくる。

相変わらず勉強家だ。

百点は石畳の中央をテクテク歩いてくる。

「……やばいぞ」

「何が？」

お手伝いさんが聞く、

「あいつ本読んでるから、全然前見てないんですよ」

「真剣に読んで……やばいわね」

お手伝いさんも気が付いたようだが、もう遅かった。

「あ、あいつ噴水に！」

「あ、頭から落っこちたわよ！」

モニターには、噴水の中でバシャバシャと楽しそう……いや、苦しそうにしている百点が映っている。

「何やってるんだよ、あいつ」

僕が部屋を出ると、お手伝いさんが玄関の扉を開ける。

ギギギー。

僕は急いで噴水に向かう。

百点は金づちなので、手足をバタつかせ、水しぶきを上げている。

「おぼ、たす、おぼれ、たすけ」

僕は呆れながらも、

「互いに反発し合うことって、水と何て言ったっけ?」

と、問題を出す。

百点はガバッと立ち上がり、水が膝上《ひざうえ》までしかないことに気付き、手探りで噴水を出る。

全身ずぶ濡れの百点がつぶやいた、

「メガネ」

「へー、互いに反発し合うことって、水とメガネって言うんだ」

「ち、違うよ。メガネ取ってほしいの。見えないから」

そ、そうだよな。互いに反発し合うことが水とメガネだったら、おかしいもん。

そう思いながら水の中にあるメガネを取り、百点に渡した。

百点がメガネを掛けると、お手伝いさんがバスタオルを持って走ってきた。

そして僕の頭を拭き始める。

ゴシゴシゴシゴシ。

「ち、違いますよ」

「え？」

お手伝いさんは、ビショ濡れでつっ立っている百点に気付き、

「あ、こっちにいたの」

そう言って百点を拭き始めた。

ゴシゴシゴシゴシ。

またメガネが落ちた。

「ど、どうもありがとうございます。後は自分で拭きます」

百点はバスタオルを受け取り、拭きながら言う、

「メガネ」

「互いに反発し合……」

「だから違うって。見えないから拾ってほしいの」

最後まで聞け！

そう思いながら芝生の上にあるメガネを取り、百点に渡す。

「さ、中に入りましょ、服着替えないといけないから」

三人は邸内に入っていく。


「僕はみんなが待っていると思うから、先にボンの部屋に行って、事情を話してきます」

「そうね」

お手伝いさんに連れられ、百点は別の部屋に入っていった。

僕はエレベーターに乗り、ボンの部屋がある四階に上がる。

ちなみにこの洋館は、地下一階を含め五階建になっている。

チン。

四階に着き、エレベーターのドアが開く。

「おっ」

目の前には、ボンの妹三国《みくに》小百合《さゆり》が立っていた。小学二年生で、みんなからは、ボンボンの妹ということでポンポン。略して〝ポン〟と呼ばれている。

「あ、レーズン」

「おはよう、ポンちゃん」

「おはよ。ボン兄ちゃんなら下りて行ったよ」

「本当に？」

「うん。レーズンと百点が遅いから、先に食事部屋に行ってるって言ってたもん。だから
ポンも今から下に行こうと思って」

「そうか、じゃあ一緒に下りよ」

「ポン」

僕とポンちゃんはエレベーターに乗り、二階に下りる。

「ねぇ」

ポンちゃんが話しかけてきた。

「何？」

「男の子って、おへその下に何かついてるよね」

「え!?」

「あれって、何？」

な、なんてことを聞くんだ。そう思ったけど、本当に知らなくて、教えてもらいたいんだろうと思い、答えることにした。

「えっと、あれはね……」

やっぱり言いにくいなぁ、ボンに聞けばいいのに……そう思っているとエレベーターが二階に着いた。今だ！

チン。

「コ」

エレベーターを下り、絨毯が敷いてある廊下を歩いていると、ポンちゃんが立ち止まった、

「ここが食事部屋だよ」

# 2 朝食

また大きな扉があって、そこを開ける。

テニスコートぐらいある、大きな長方形の部屋が目の前に現れた。

中央には真っ白なテーブルクロスがかけられた縦長のテーブルがあって、そのテーブルの両サイドに椅子がズラーッと並んでいる。

手前に座っているボンがこっちを見て言う、

「あ、レーズンやっと来たか」

「う、うん」

僕は、学校の教室ぐらいあるボンの部屋を知っているから、よっぽどのことでは驚かなくなったけど、やっぱりこの部屋も凄かった。

うさぎとタッパーはもう席に着いて待っていた。

しかし、その二人の表情といったら、斜め上四十五度を見上げ、口も半びらきになっている。夢心地といった感じだ。

僕も席に座り、部屋中を見渡した。

高い天井には、例によってシャンデリアがある。僕の後ろ側の壁には大きな窓があり、太陽の光が差し込み、反対側の壁には絵画が一、二、三、四、五枚も飾られている。

僕ん家《ち》のキッチンに飾られている、僕が図工の授業で描いた、先生の鼻の絵。とは違い、高価なものだろう。

「百点遅いなぁ」

ボンの言葉を聞き、僕は百点のことをみんなに説明した――

「ハハハハハハハ」

ボンポン兄妹、タッパー、うさぎも笑い、どうやら二人も夢心地から覚めた様子。

ドンドンドン。

ドアが開き、お手伝いさんと、チョンマゲのカツラ、羽織袴《はおりはかま》を着て、オモチャの刀を腰に差した百点が入ってきた。

侍《さむらい》？

「朝食を取っていただいている間に服を乾かすので、それまでボン坊っちゃんの服をお貸ししますと言ったら、これを選ばれて……」

お手伝いさんが困った様子で言った。

「それ、学芸会の時に使った服じゃん」ボンが言う。

百点はとても気に入ったみたいで、

「今日一日中これ着てる」

と、両手を広げる。

「その格好でおやつ買いに行くのか」

僕が聞くと、

「うん」

満面の笑みで返事をした。

「周りの人たちが変な目で見ないかしら」

うさぎが言うと、百点が言い返す、

「うさぎに言われたくないよ。その格好より僕の方がましさ」

うさぎの着ぐるみと侍姿……うさぎと侍……まぁ、どっちもどっちだ。

「ま、まぁ、格好なんてどうでもいいじゃん。中身だよ、内臓だよ」

僕が言うと、

「そうね」「そうだね」

二人は納得してくれた。

僕の横に百点が座ると、ボンがみんなに聞く、

「朝食はレーズンパンでいい？」

「ダメ！」

言ったのは、もちろん僕。

「じょ、冗談だよ。フレンチトーストでいい？」

「う、うん……」

みんなが返事した。

ボンは指をパチンと鳴らし、お手伝いさんに言う、

「フレンチトーストとサラダ六つ、ホットカフェオレ二つとホットミルク四つ、お願いします」

「かしこまりました」

お手伝いさんは部屋を出ていった。

「あ、あの」

タッパーが口を開いた、

「フレンドトーストって何？」

「ハハハハハ、フレンドトーストというのはね、友達同士で食べるパンのこと……じゃなくて、フレンチトースト」

ボンが一人でノリツッコミをした……めずらしい。

「そ、その、フレンチトーストって何？」

タッパーがまた聞くと、うさぎが口をはさむ、

「フレンチトーストというのはね、牛肉、じゃがいも、玉ねぎ、にんじんを切り、醤油、砂糖、みりんで味付けした煮物。最後にさやえんどうをのせてもいいわね」

「それは肉じゃが！」

僕がツッコむと、ボンが照れくさそうに言う、

「けど、うさぎはいいお嫁さんになれると思う」

なんだよ、そのフォローは！　そう思っていると、ポンちゃんがボンを見ながら言う、

「お兄ちゃん、うさぎちゃんと結婚したいんだもんね」

ボンは慌てて、

「な、何言ってるんだよポン。そんなんじゃ……」

ボンがうさぎのことを好きなのは、何となくみんな知っているが、うさぎがボンのことをどう思っているかは、みんな知らない……。

少し沈黙があった後、百点が口を開いた、

「互いに反発し合って、しっくりしない関係をたとえて、水と油。と言うんだよ」

「え？」

驚いた。僕以外の四人はもっと驚いた。

「い、今は、フレンチトーストについて話してるんだぞ」

「え——!?」

驚くな！

「何だ、トレンチコートについて、みんな語りあっていたんだ」

「もういいよ、百点……」

なぜか淋しい僕です。

「何だ、みんなフレンチトースト知らないんだ。だからさっきの返事が曖昧《あいまい》だったんだ」

ボンが言ったところで、ドアが開き、ワゴンを引いたお手伝いさんが入ってきた。


六人の前に、ナイフとフォーク、フレンチトーストが並べられた。

「僕とうさぎにカフェオレを」

ボンがお手伝いさんに言う。

何で二人だけ違うんだ。そう思っていると、

「私、ホットミルクの方がいい」うさぎが言う。

ボンは残念そうに聞く、

「そ、そう。じゃあ、タッパー、カフェオレ飲む？」

「私、何でもいい」

飲み物も置かれ、食べ始める。

「いっただっきまーす」

タッパーが嬉しそうに野菜がのった皿を持つ、

「これがフレンチトーストね」

「それは、サラダ！」僕がツッコむ。

うさぎがホットミルクの入ったカップを持つ、

「これがフレンチトーストよ」

「それ、液体でしょ！」ツッコミはいつも僕。

百点がナイフを持つ、

「これがフレンチトーストだよ」

「それ食うのか！」僕です。

「じゃあ、このパンがフレンチトーストね。おいしそう」

タッパーはそう言いながら、下におろしてあったランドセルから、タッパーを取り出した。

そしてトーストをフォークで刺し、タッパーに詰め込んだ。

ポンちゃんが首をかしげながら聞く、

「タッパーちゃん、何で入れたの」

ポンちゃんは学年が違うから、タッパーが給食を持ち帰っていることを知らないのだ。

「晩ごはんにするんだよね」

百点が言うと、タッパーはうなずき、

「うん、多分お母さんも今まで生きてきて一度も食べたことないパンだと思うから、だから食べてもらいたくて」

「タッパーちゃんやさしい」

うさぎの言葉に反応したボンが、

「それはタッパーが食べろ。どうせおやつ買った後ここに帰ってくるんだから、その時また作ってもらえばいいから」

「ありがとう」

タッパーは顔を赤らめ喜んだ。

ボンは横目で、チラチラうさぎを見る。

「……ボン君もやさしい」

うさぎが言うと、ボンは小さくガッツポーズした。

目的はそれだったか……。

ボンは学校の給食でも、持参したナイフとフォークを使って食べているから慣れているが、僕たち四人は不慣れなため、悪戦苦闘《あくせんくとう》しながら食べる。

「おいしい」

みんなが言うと、ボンが自慢気に言う、

「そりゃそうさ。有名レストランでコックしていた人に作ってもらってるんだからね」

そんなフレンチトーストを食べながら、僕が聞く、

「おやつ、どこに買いに行く?」

百点がサラダを食べながら言う、

「チェック堂は?」

チェック堂とは、子犬駅前にある地下一階を含めた三階建のデパートで、外装、内装ともチェック柄になっている。

タッパーがカフェオレを飲みながら聞く、

「そういえば、うさぎちゃんのお母さんって水玉屋で働いてなかった?」

水玉屋とは、子犬市にあるもう一つのデパートで、内装、外装とも水玉模様になっている五階建のデパートである。

「働いてるわよ。パート2だけどね」

2はいらない。

ボンは体をのり出しながら言う。

「じゃあ、水玉屋行こうよ」

「いいけど、洋服売場だよ」

ポンちゃんはボンを横目で見ながら言う、

「おやつ買う前に、ちょっと寄ればいいじゃん」

兄思いだねぇ。

「うさぎのお母さんと会っておきたいし……将来的に」

ボンはそう言って、照れ臭さそうにうさぎを見る。

うさぎはそ知らぬ顔で、サラダをパクついている。

ボンはガクッとうなだれた。

そんな二人を尻目に僕は右手を突き上げる、

「じゃあ、食べ終わったら出発だ！」

「オー！」

朝食を食べ終えた六人は、庭に出てボンポン兄妹のお祖父さんと話しているところ。

僕はボンポン兄妹のお祖父さん、お祖母さんとは何回か会っているが、両親とは会ったことがない。仕事が忙しく、ほとんど海外にいるそうだ。

「ごちそうさまでした」

「いやいや」

「お祖父ちゃん、行ってきます」

「光一郎、何だったら水玉屋までヘリで送らせようか」

へ、ヘリコプターか、やっぱりすげーな。

ボンが首を横に振り断ると、お祖父さんはポンちゃんに聞く、

「じゃあ、ペリにするか」

ペ、ペリか、やっぱす……ペリ?

「自転車で行くからいい」

ポンちゃんも首を横に振った。

「じゃあ、行ってきます」

「みんなも気を付けてな」

「はい」

僕たちは自転車に乗り門を出た。

# 3 道中

ボンポン兄妹は数十万するマウンテンバイク。僕、百点、うさぎは普通の自転車。タッパーはところどころ錆び付いているボロボロのママチャリに乗り、三国邸を離れる。

「ペリって何だよ」

僕が聞くと、百点が口をはさむ、

「ペリカンのことだろ」

「な、わけねぇだろ！」

例によって僕がツッコむと、ポンちゃんがうなずく、

「そうだよ」

「ペ、ペリカン？」

「そう、ペリカンの口の中に入って運んでもらうの」

百点がジロッと僕を見て言う、

「ね」

「ご、ごめん、百点……」


先頭から、僕、タッパー、百点、うさぎ、ポン、ボンの順番で、一列に並び堤防ぞいを進む。

道の右側を見ると、県境川が僕たちについてくるように流れ、左側を見ると、子犬山の木々が緑、黄緑、黄、だいだい、赤、茶と、いろんな色で秋の始まりを表現していた。

「ねぇ、しりとりしよ」

ポンちゃんの提案で、しりとりをすることにした。

まず先頭の僕から始める、

「果物しりとり、レーズン」

「……」

「次、タッパーだよ」

僕が言うと、タッパーは目を細めて言う、

「ン、ついてるよ」

僕は一番後ろに下がった。負けた人が一番後ろに下がるというルールなのだ。

タッパーが先頭になり、乗り物しりとり、始める、

「じゃあ、乗り物しりとり、自転車」

次の百点が考え始めた、

「しゃ、だから、や、でいいんだよね。や、や、やすし君の自転車」

「誰だよ、やすし君て！」

一番後ろから僕がツッコむ。

「て？　て、てつお君の自転車」

と、百点がまた答える。

「違うよ。やすし、てつおって誰か聞いてるんだよ！」

「よ？　よ、よ、ようこちゃんの自転車」

と、またまた答える。

「もういい！　次、うさぎね」

「ね？　ね、ね、ねこの自転車」

と、うさぎが答える。

「二人とも自転車にこだわりすぎ！　もうやめ！」

しりとり一つできない上級生を見ていた下級生のポンちゃんが言う、

「トイレ」

僕たちは堤防ぞいを急ぎ、街に入ったところにあるコーンービーニーに入ることにした。

# 4 コーンービーニー

コーンービーニーとは、子犬市だけでも十店ほどあるコンビニ大手のチェーン店だ。みんなは縮めて〝コンビニ〟と呼んでいる。

ウィーン。

自動ドアが開くと同時に、ポンちゃんは駆け込んだ、

「すいません、トイレを……」

僕たちも続いて入ると、十人ぐらいのお客さんがレジの前に並んでいた。

百点とうさぎの格好を見て、ちょっとビックリしたお客さんたちの一人が、レジを指さした。

レジを見ると、店員さんの姿はなく、メモが一枚置いてあった。

みんなでメモを覗き込む。メモには、

拝啓　お客様

この頃気候も涼しくなり、過ごしやすくなりましたね。秋といえば運動の秋、読書の秋、などいろいろございますが、私は、恥ずかしながら、食欲の秋でございます。ですから、一旦この場を離れ、食というものを追求したいと思うしだいです。すぐ戻る積りですが、一人で出掛けることに致しました。誠に勝手な行動に、お怒りになられるでしょうが、なにとぞお許し下さいませ。

店員　内海　里子

追伸　万引きはいけません。

と、書いてあった。

「……何これ」

僕たちはア然としたが、ポンちゃんはそれどころじゃなかった、

「トイレ、トイレ！」

小便を我慢してポンポンジャンプしている。その横で、うさぎがピョンピョンジャンプしている。

うさぎは跳ばなくていい。

ボンはポンちゃんの様子を見かねて、

「いないんだからしょうがない。勝手に借りよ」

そう言って、二人はコンビニ内のトイレに入っていった。


ウィーン。

自動ドアが開き、お客さんが入ってきた。と思ったら、コンビニの制服を着ていた。どうやら店員さんのようだ。

二十代半ばの女の人で、右手にコンビニの買い物袋を持っていた。

そして店員さんは、そ知らぬ顔でレジを通過し、その奥に入って行ってしまった。

十人ぐらいのお客さんがポカーンとしているので、百点が呼びかける、

「すいませーん、内海さーん」

店員さんは右手に箸、左手にコンビニ弁当を持ち、口にものを入れて顔を出した、

「え、モグモグ、何？」

「トイレ借りてますけど」僕が言う。

「モグモグ、いいわよ」

店員さんそう言うと、また奥に入って行った。

ポカーン客の一人が呼ぶ、

「すいません！」

「何ですか？　モグ」

「レジ並んでるんだけど」

「す、モグすいません、モグ」

店員さんは、弁当を持ちながら出てきた。そしてメモをしまい、弁当をレジ横に置く、

「すいませんでした」

そう言って、レジを打ち始めた。

ボンポン兄妹が戻ってきた、

「あーすっきりした」ボンが言う。

お前もしてたのか。

「じゃあ、行こうよ」

百点が行こうとすると、

「ちょっと待った」ポンちゃんが言う、

「トイレ借りたから、何か買う」

「そうだな、店ごと買っちゃうか」ボンが言う。

スケールが違う……。

ポンちゃんが店内を見回り、

「あっ、魔法少女カケラレちゃんだ。これ買う」

と、魔法少女カケラレちゃんソーセージ（シール入り）を手に取った。

魔法少女カケラレちゃんとは、木曜日の七時からやっているアニメで、カケラレちゃんという魔法使いの少女が、敵に魔法をかけようとするが、逆にかけられちゃう、というのがいつものパターンで展開する。

それが今、小学生の間で、特に女子に大人気のアニメなのだ。

僕たちはレジに並び、順番を待つ。

十人ぐらいのお客さんが終わり、僕たちの番がきた。

僕は帰っていったお客さんたちを見て、人間も捨てたものじゃない、そう思った。だって、店員さんがいないのに、メモ通り万引きもせずに待っていたんだから。

「お願いします」

ポンはソーセージを店員さんに渡した。

ピッ。

店員さんはバーコードに反応させる、

「三百五十円です」

ボンが払う。

「あの」

「何？」

僕が質問する、

「お姉さん、どこ行ってたんですか」

「メモに書いた通り、お昼御飯を買いにね」

コンビニ内の食品群を見渡し、僕は首を傾《かし》げ、

「何か、こだわりがあるんですか」

店員さんは、ニコッと笑い、

「私、コンビニの照り焼きチキン風さばのみそ煮弁当が大好きなのよね」

と、食べかけの弁当を見せてくれた。

うさぎが弁当コーナーから、照り焼きチキン風さばのみそ煮弁当を持ってきた、

「これでしょ」

「そう、これこれ。これを自転車で往復三十分かけて、コンビニ駅前店まで買いに行ってたのよ」

「ふーん……」

僕たちはコンビニを出る。

「ありがとうございましたぁ」

僕はあの店員さんを見て、人間はもうダメだと思った。

だって、だってだってだってぇ！

# 5　うさぎに続け

コンビニを出て十分ぐらい走ると、目的地デパート水玉屋に着いた。

日曜日ということで、表の駐車場は車でうまり、次々と入ってくる車を誘導員の人が赤い棒をふって立体駐車場へと誘導している。

僕たちは屋根つき駐輪場に自転車を停める。

「すごい人だなぁ」

「この人たち、みんな遠足のおやつ買いに来てるの？」

ポンちゃんの質問に、

「みんながみんなそうじゃないよ」

うさぎが答える、

「私たち以外はカップラーメンの塩味を買いに来てるのよ。しょうゆ味じゃないわよ」

何で⁉

「ねぇ」

うさぎに聞かれたボンは、

「……う、うん」

と、返事する。

「はぁ……」

思わずため息が出てしまう。

家族やカップルで買い物に来ている人たちに交じり、店の中に入る。

店内は大中小さまざまな水玉模様が描かれている。でも、それ以上に人が沢山いる。

そして、その沢山の人たちの何人かが、僕たちを見る。僕たちというより、うさぎと百点を見ている。

二人は変な目で見られていることは気にしない。というか、気付いていない様子で、

「拙者《せっしゃ》、拙者《せっしゃ》」「ピョンピョン」

と、その姿になりきっている。

ボンが焦《あせ》りながら言う、

「さ、さ、先に、うさぎのお母さんに会いに行こうよ」

「ピョン」


エスカレーターで二階に上がる。

二階は衣料品売場になっていて、洋服店が数軒並んでいる。

うさぎが婦人用ブティックに入っていくので、僕たちも後に続いた。

店の中は、黒で統一され、大人の雰囲気が漂っていた。

「いらっしゃ……あら?」

真っ赤なスーツを着た、綺麗なお姉さんが出てきた。

そのお姉さんは僕たちを見て、クッと笑う、

「ここは子供服置いてないわよ」

「違うんです。僕たちは、うさぎ、いえ、瞳さんのお母さんに会いに来たんです」

ボンが言うと、

「あ、そうなの。ちょっと待ってね、今店長さん呼ぶから」

店員さんは店の奥に入って行った。

え？　店長さん？　確か、うさぎはパート(2)で働いているって言ってたような……。

奥から店員さんと、真っ黄のスーツを着た四十代の女性店長が出てきた。

ボンが一歩前に出る、

「えー、ただいまご紹介にあずかりました、ボンこと、三国光一郎と申します」

「誰、この子？」

え――!?　娘のうさぎから僕の噂、例えば食卓を囲みながら、三国光一郎という大金持ちの息子で、カッコイイ人がクラスにいる。なんてこと聞いたことないの？という顔。一言でいえば、ショックを受けた顔をした。

　赤店員が聞く、

「店長のお子さんじゃないんですか？」

　黄店長が答える、

「違うわよ。私の子供は中学生よ」

「え？」

　うさぎ以外の五人は驚いた。

うさぎはというと、ハンガーに掛けられた洋服を見ながら、

「将来、こんなお洋服着てみたいなぁ」

と、やっている。

「う、うさぎ」

「何？」

「ここにお母さんいるんじゃないの？」

うさぎは首を横に振る。

「じ、じゃあ、何でこの店に入ったのさ」

「綺麗なお洋服が並んでいたから、つい」

「……」

五人は何も言えなかった。


僕たちはブティックを出た。

「ボンなんか、すっかりあの黄色をうさぎのお母さんだと思って、挨拶したもんなぁ」

僕はそう言いながらボンの顔を見る。

ボンは、なぁーんだ、うさぎのお母さんじゃないなら僕のこと知らなくたって当然さ、という顔、一言でいえばホッとした顔をして、

「まぁね……けど、うさぎは将来、さっきのような服がとても似合う女性になると思う」

と言う。

相変らずなボンと、

「出発進行、私について来て」

そ知らぬ顔で歩き出す、うさぎであった。

僕たちはうさぎに続いて、子供服売場に入った。

さっきのブティックとは打って変わって、オレンジ色を基調とした明るい店だった。

店内は親子連れのお客が多く、洋服を見ている。

茶色い髪をみつ編みした、二十代の女性店員さんが声をかけてきた、

「いらっしゃいませ」

百点が羽織を見せながら聞く、

「この服何点ですか？」

「お侍さんでしょ。一瞬ど肝抜かれたけど、とても似合ってるわよ、百点満点よ。後ろで洋服を見ているうさちゃんもカワイイわね」

「ありがたいお言葉」

百点は満足げに店を出て行こうとする。

「おい、どこ行くんだよ」

百点は振り返る、

「だって、用事すんだから」

「僕たちは百点の格好の評価聞きに来たわけじゃないの！」

「え——⁉」

驚くな！

タッパーが店員さんに言う、

「うさぎちゃんのお母さんに会いに来たんです」

店員さんはうさぎを見て言う、

「あの子のお母さんに？」

百点が答える、

「パート3で働いてると思います」

「え?」

「3ぬきで」僕が言う。

「あ、パートね。パートさんなら一人しかいないから分かるわ。ちょっと待ってて、今呼んでくるから」

店員さんは店内を捜し、浅黒い顔の五十代のおばさんを連れてきた。

ボンが一歩前に出る、

「えー、ただいまご紹介にあずかりました、ボンこと、三国光一郎と申します」

「誰、この子?」

え——⁉ 娘のうさぎから僕の噂、例えば居間でテレビを見ながら、三国光一郎という大金持ちの息子で、カッコイイ人がクラスにいる。なんて聞いたことないの?という顔。

一言でいえば、ショックを受けた顔をした。

店員さんが言う、

「せっかく娘さんたちが会いに来てくれたんですから」

「違うわよ、私の子供は二人とも高校生よ」

「え？」

うさぎ以外の五人は驚いた。

うさぎはというと、四、五歳が着る小さな服を見ながら、

「この服とってもカワイイ」

と、やっている。

「う、うさぎ」

「何？」

「ここにお母さんいるんじゃないの？」

うさぎは首を横に振る。

「じ、じゃあ、何でこの店に入ったのさ」

「カワイイ洋服が並んでいたから、つい」

「……」

五人は何も言えなかった。


僕たちは子供服売場を出た。

「ボンなんか、すっかりあの浅黒をうさぎのお母さんだと思って、挨拶したもんなぁ」

僕はそう言いながらボンの顔を見る。

ボンは、なぁーんだ、うさぎのお母さんじゃないなら僕のこと知らなくたって当然さ、
という顔、一言でいえばホッとした顔をして、

「まぁね……けど、うさぎは将来いいお母さんになれると思う」と言う。

相変らずのボンと、

「ちゃんと私について来てね」

そ知らぬ顔で歩き出す、うさぎであった。

# 6 シュークリーム

人ごみを歩き、紳士、婦人、子供服が売られている大きなフロアに入って行く。

広いスペースを一通り見て回ってみたが、うさぎのお母さんは見当たらなかった。

またうさぎに騙《だま》されたかなぁと思っていると、

「いらっしゃいませ」

水玉屋の制服を着た、三十代の女性店員が声をかけてきた。

「七一が七、七二十四、七三二十一、七四二十八……七九六十三」ポンちゃんが言う。

「か、掛け算？」

店員さんが聞くと、ポンちゃんはうなずいた、

「うん、七の段」

「おりこうね」

「どうもありがと」

ポンちゃんは満足そうな顔で歩いていくので、ボンが呼び止める、

「ポン、どこ行くんだよ」

「だって褒めてもらったから」

「べつにポンちゃんを褒《ほ》めてもらうために来たわけじゃないからね」僕が言う。

「え――!?」

ポンちゃんもか!

「すいません、うさぎのお母さん呼んでもらいたいんですけど」

話しかけてきた百点の格好を見て、少し驚いた店員さんは、うさぎを見てまた驚いた。

「お、親うさぎを?」

「いえ、人間なんですけど」

「あ、そう。名字分かるかしら」

ボンが答える、

「川村さんです」

店員さんは首を傾げる、

「そんな名前の人、いないわねぇ」

やっぱりここにもいないんだ、五人がそう思っていると、うさぎが言う、

「名字はシュークリームです。私のお母さんは、シュークリーム薫《かおる》です」

シュークリーム？　うそつけ！

「あ、シュークリームさんのお子さんね」

「はい」

え、いるの？　そんな名前の人。

「シュークリームさんなら表の方にいなかったかしら」

店員さんが通路の方を指さした。

「どうもありがとうございました」

うさぎはお礼を言うと、表の方に歩いて行く。五人は首を傾げつつも、うさぎについて行く。表を見渡してみたが、水玉屋の制服を着たうさぎのお母さんは見当たらなかった。

「いないぞ」

僕が言うと、百点が心配する、

「食べられたんじゃないかな」

シュークリームだけにね……。

「瞳、ここよ」

「お母さんの声だ」

うさぎを呼ぶ声がした。

僕たちは声がする方に目をやったが、姿はなかった。

「瞳、ここよ」

「どこにいるの、お母さん？」

確かに近くから聞こえてくるけど、姿が見えない。

ど、どうなっているんだ。どこにいるんだ……ま、まさか！　そう思った僕は口を開いた、

「幽霊じゃないか⁉」

バチン！

「ここよ」

僕は頭を叩かれ、咄嗟《とっさ》に後ろを振り返った。後ろには、コートを着たマネキンが立って

いるだけ……あ！

「こ、このマネキン生きてる」

五人もマネキンに注目する。

「あ、お母さん」

うさぎのお母さんはポーズをとったまま、口だけを動かして言う、

「瞳、何しに来たの？」

「おやつの遠足を買いにきたの」

逆。

「そうだったわね。明日はおやつだったわね。それで遠足を水玉屋に買いにきたのね」

母も逆。

「そう、だからちょっと寄ったの」

「今、お母さん仕事中だから動けないけど、いい？」

「うん」

うさぎのお母さんはマネキンとして働いていた。でもマネキンするだけあって、若々しく、とても綺麗な人だった。

ボンが満を持して、一歩前に出た。

「えー、ただいまご紹介にあずかりました、ボンこと、三国光一郎と申します」

「あ、ボン君ね。瞳から聞いてるのよ、大金持ちでカッコイイって」

ボンは、やっぱり僕の噂、例えば休日の車の中でしてたんだぁという顔、一言でいえば、うれしそうな顔をした。

「他にも、カワイイお金持ちポンちゃん。やさしいタッパーちゃん。頭がいい百点君。瞳がす……」

「お母さん！」

うさぎがお母さんの言葉にブレーキをかけた。どうしたんだろう？

「す……すらすらのレーズン君でしょ」

僕だけ意味分かんねぇ！

うれしそうなボンが聞く、

「マネキンのお仕事、大変そうですね」

「おばさんね、こう見えても昔モデルやってたことがあって、ポーズをとったまま動かないことは苦にならないの」

興味津々《きょうみしんしん》のボンが聞く、

「ファッションモデルですか？　それとも絵画のモデルですか？」

「違うわよ、プラよ、プラ」

プラ？

ボンが立て続けに聞く、

「プラって何ですか？」

「知らないの、プラスチックでできていて、ボンドで接着して組み立てるものよ」

まさか、という顔でボンが聞く、

「プ、プラモデルですか？」

「正解」

うそ——!?

「お母さんにそんな経歴があったなんて、スゴーイ」

遺伝だ。この母あってこの子ありだ。

うさぎのお母さんはポーズをとったまま聞く、

「それよりみんなはお昼どうするの、おばさんがお小遣いあげようか？」

ボンのアピールタイムが始まった、

「いえ結構です。昼食代はお祖母さんからもらってきました」

「ボン君家は大金持ちだったわね。でもいいの？」

「はい、百万円ほど持ってきてますから」

うさぎのお母さんは驚きながら言う、

「ひ、百万円って、一万円札九十八枚と五千円札二枚、二千円札一枚と千円札五枚、五百円玉三枚と百円玉十一枚、五十円玉五枚と十円玉十二枚、それから五円玉三枚と一円玉十五枚を足した金額じゃない？」

ボンは百点に確認を取り、

「そうです」と答えた。

一万円札百枚でいいじゃないか！

「将来、僕と結婚する人は幸せだと思います」

シュークリームうさぎ母子はそ知らぬ顔で、

「お母さん動けないから、服のポケットから財布取って」

「うん」

うさぎは財布から千円抜き取り、ポケットに戻した。

「……」ボン。


僕たちは衣料品売場を離れることにした。歩き始めると、百点が僕の肩を叩く、

「みんなが気になってること、僕が代表して聞こうか?」

「大丈夫か?」

百点は、任せてよ。といった感じで言う、

「ねぇ、キリン」

「もういい」

不安的中の僕は百点を引っ込め、聞く、

「ねぇ、うさぎ」

「何?」

「何でお母さんの名字、川村じゃなくてシュークリームなんだ?」

うさぎは立ち止まり、言う、

「それはね、前お母さんから聞いたんだけど、パート4に入るには、名前とか住所とか書

く紙いるでしょ」

「4なし&履歴書《りれきしょ》」

「そう、その履歴書を書いてる時、急にシュークリームが食べたくなったんだって」

「それで、それで?」

「で、名前を書くところにシュークリームという言葉に反応した。

タッパーがシュークリーム薫って書いちゃったんだって」

今度はポンちゃんが聞く、

「書き直さなかったの?」

「書き直したんだけど、どうしてもシュークリームって書いちゃうんだって。書き直しても書き直しても書いちゃうんだって。手が勝手に書いちゃうんだって。二十八枚書き直したんだけど、やっぱりシュークリームって書いちゃうんだって。途中からは敢《あ》えて書いてたんだって」

変な病気?

「それで、店員さんたちに自己紹介する時にシュークリーム薫と言わざるをえなかったんだって」

「……ふーん」

# 7　百点に続け

僕たちはおやつを買うため、一階の食品売場に向かう。
五、六人待っているエレベーターを通りすぎ階段を使い下りて行く。
エレベーター、エスカレーターがあるため、階段を利用する人はほとんどいない。そのことに気付いたボンが言う、

「階段空いてるなぁ」

「エレベーターとかの方が楽だからな」

僕の言葉に百点が反論する、

「いや、そんな理由で階段を使わなくなったとは思えないよ」

「え、違うの？」

タッパーの言葉に百点がうなずいた、

「エレベーターやエスカレーターにはあるけど、階段にはないものがあるんだよ。それが原因で人類は階段を利用しなくなっていったと、僕はそう思っている」

うさぎが興味をしめす、

「そ、それは何なの？」

百点は左手の中指で眼鏡を上げ、

「僕について来てくれ」

と言い、途中まで下りてきた階段を二階、三階と上がっていく。

三階フロアに着いた百点は、おもちゃの刀を抜き、目の前に立ちふさがるお客さんたちをバッサバッサと切りながら、まっしぐらに歩いて行く。

水玉屋の三階は、玩具売場、スポーツ用品店、書店、眼鏡時計販売店が並んでいる。

そしてもう一つ並んでいる文房具売場に百点は入っていった。

店の中を見渡し、何かを探している百点に声をかける、

「その、エレベーターとかにあって階段にないものが、文房具売場に置いてあるのか？」

「いや、そのものがあるわけじゃないんだけど、文房具売場に売ってるものを使い、その

ものを作りだすのさ」

何を作りだすのかさっぱり分からないが、頭の良い百点のことだ、任せておこう。

他の四人は、

「タッパーちゃん、この筆箱カワイイと思わない？」

「カワイイ」

「お兄ちゃん、色えんぴつほしい」

「この前二十万円で買った百色えんぴつが家にあるだろ」

と、おのおの文房具を見ている。

僕は百点について行く、

「何がいるんだよ」

「まずノートとシャープペンの芯がいる」

「どのくらい？」

「ノートは四冊で、芯は四十本入り一つ」

僕は言われた通り、ノート四冊と芯四十本入り一つを手に取った。

「あと油性マジックがいる」

「何色？」

「色数は多い方がいいね」

そう言って百点は十二色マジックを手に取った。

百点は少し考える、

「えーと、あと何がなくなっていたかなぁ」

「え？」

「い、いや、何でもない。これだけでいいよ」

僕と百点はレジに行き、ノート四冊、シャープペンの芯四十本入り一つ、十二色マジックをカウンターに置き、ボンを呼ぶ。

会計はボンなのだ。

ボンが来る前に、うさぎが筆箱、タッパーが文具セット一式、ポンちゃんがぬりえノートをカウンターに置いた。

それを見た百点が言う、

「何だよこれ」

「いいでしょ、ついでに」

「だって、僕は階段を利用してもらうために必要なものを買いに来たんだよ」

ボンも消しゴムを置き、財布を出す、

「いいよそれぐらい。僕に任せて」

タッパーがうれしそうに言う、

「ありがとう」

ボンにチラチラ見られていることに気付いたうさぎが言う、

「あ、ありがとう」

小さくガッツポーズするボンがお金を払い、僕たちは文房具売場を離れた。

「次」

百点はそう言うと、すぐ横の眼鏡時計販売店に入って行った。

僕は百点の肩を叩く、

「おい百点」

「何？」

「こんなところにも必要なものを売ってるのか？」

百点は人差し指を口のところに一本立てる、

「シー、黙って僕の言う通りにして」

「……」

僕は黙ってうなずいた。

「みんなも僕の言う通りにしてよ」

「……」

みんなも黙ってうなずいた。

百点が口のところに持ってきていた右手の人差し指を前に突き出し、指示を出す、

「まず、ボンポン兄妹は口喧嘩して」

ボンポン兄妹は声を合わせた、

「え?」

「いいから、僕の言う通りにして、お願い!」

そこまで言うなら、という感じで、ボンポン兄妹は納得する、

「……わ、分かった」

「次、レーズンは逆立ちして、で、タッパーとうさぎはレーズンの足を支えて」

三人は声を合わせた、

「え?」

「とにかく僕の言う通りにして、お願い!」

そこまで言うなら、という感じで、三人は納得する、

「……分かった」

「次、店員さん」

百点に指をさされた三十代の男性店員と二十代の女性店員が、私たちも?という顔をする。

「店員さんは……接吻《せっぷん》して下さい」

百点は顔を赤くし、恥ずかしがりながら言った。そんなに恥ずかしいなら言わなきゃいいのに……。

二人の店員さんは声を合わせた、

「え?」

「お願いします、僕の言う通りにして下さい」

そこまで言うなら、という感じで、二人の店員さんは納得する、

「……わ、分かりました」

そして、それぞれ始まった、

「お兄ちゃんのお母さん、でーべーそ」

「ポンのお母さんこそ、でーべーそ」

ボンポン兄妹が口喧嘩を。

僕の逆立ちを、タッパーが左足、うさぎが右足を支えてくれる。

……あ、頭に血がのぼってくる。

最後に二人の店員さんが見つめあい、

「涼子ちゃん」

「先輩」

そして、唇と唇を重ねた。

……何だろうこの光景は。

僕は逆立ちで逆さまになった光景を見ながら思った。

一分ぐらいたっただろうか、百点が口を開いた、

「もういいよ」

ボンが口喧嘩をやめ、百点に聞く、

「今のも階段に？」

「まったく関係ない」

五人は声を合わせた、

「え？」

「僕、もう行くからね」

百点はそう言うと、店を出て行った。

何のためにしたのだろう？という感じで、ボンポン兄妹、タッパー、うさぎは首を傾げ、僕は首を横に振り、百点について行く。

出る間際に店員さんを見ると、

「俺、君のこと前から好きだったんだ」

「私も、うれしい」

僕たちには意味のない行動だったが、二人の店員さんには、とても意味のある行動になったみたいだ。

# 8 階段

「じゃあ、階段に戻るから、僕についてきて」

百点はまたオモチャの刀を抜き、目の前に立ちふさがるお客さんたちをバッサバッサと切りながら、まっしぐらに歩いて行く。

そして、人っ子一人いない階段に着いた。

百点は、エレベーター、エスカレーターにあって階段にないものを、ノート四冊、シャープペンの芯四十本、十二色マジックを使って作るらしい。そしてその作ったものを使えば、みんな階段を利用しだす、というのだ。

何を作るんだろう……五人は百点に注目する。百点は階段の一番上のところに座り、ノートなどが入っている買い物袋から十二色マジックを出し、その中の黒色だけを一本取り出した。

「……」

僕たちは黙って百点に注目する。

百点は階段の踊り場にしゃがみ、黒マジックのキャップを取った。

僕たちは顔を突き出し、百点に注目する。

百点は黒マジックで、床に「ター」と書いた。そしてマジックをケースに戻し、袋に入れ、リュックにしまった。

「フゥ……出来たよ」

「……」

少しの沈黙の後、僕が口を開いた、

「……エレベーター、エスカレーターにあって階段にないものって、もしかして……」

「ター」百点が言う。

た、確かに、エレベーター、エスカレーターとあるが、階段にはターがない。

「そ、それだけ?」

「うん。階段ターで出来上がり」

百点はひと仕事やり終えた様子。

「じ、じゃあ、ノート四冊、シャープペンの芯四十本、マジック十一色は?」ボンが聞く。

百点は、申しわけなさそうに言う、

「つい、ほしくてさ」

「何よ、さっき私たちに文句言っておいて」

うさぎがふくれたが、僕にしてみれば、何も買わなかった僕よりいいじゃないか!という気持ちだった。

「と、とにかく、これで階段を利用する人が増えていくはずだよ」

うそだぁー! 床にターと書いただけで? しかもこれって見つかったら怒られるんじゃないのか。

……ぞろぞろぞろ。

一階から上がってくる人や、三階から下りてくる人が、湧いて出てくるように階段を利用し始めた。そして階段は人だらけになった。百点の言う通り、階段が階段ターになっただけで、こんなに人が集まるなんて……ターには人をひきつける何かがあるのか、そう思ってつっ立っている僕たちの横を、沢山の人が「急にエスカレーター故障だってよ」「しようがないから階段使お」などと話しながら通りすぎて行った。

# 9 昼食

「お腹へったぁ」

ポンちゃんの一言で、僕たちは人で一杯になった階段ターを離れ「修理中のため階段かエレベーターを利用して下さい」と、貼り紙がしてある誰もいないエスカレーターの前にきた。

「今、何時？」

ボンが高級腕時計を見る、

「十二時五分」

僕たちはおやつを買う前に、昼食をとることにした。

「何、食べよっか？」

僕が聞くと、

「ラーメン」ポンちゃん。

「ハンバーガー」ボン。

「スパゲッティ」うさぎ。

「試食」タッパー。

「カレーのおいしい寿司屋」百点。

と、ばらばらな意見を言う。

困った僕は理由を聞くことにした、

「何でだ！」

「ラーメンなんてお家で食べれないもん」

ポンちゃんの理由にボンも付け加える、

「僕のハンバーガーもそう。家ではフランス料理や懐石料理ばかりだからね」

次のタッパーは、少し恥ずかしがりながら、

「私、おやつ代三百円と、何かあった時のためのお金百円で四百円しか持ってないから。食料品売場でやっている試食食べればお金かからないと思って」

「お金のことは心配しなくていいよ。僕たちにはボンがついてるから」

次、うさぎが言う、

「私はべつに何でもいいんだけど、何が何でもスパゲッティがいい」

どっちだ！

次、百点が理由を言う、

「カレーライスがおいしい寿司屋があったら入ってみたいと思って」

「ないからね」

どうやら、ラーメン、ハンバーガー、スパゲッティの三つに絞り込まれた。

そこで、却下されたタッパーと百点の意見を聞いた。

「私はハンバーガーでいいよ」

タッパーがそう言うと、百点に聞く前にポンちゃんが言う、

「ポンもラーメンじゃなくて、ハンバーガーでいいよ」

ハンバーガーに三票入ったことで、

「ハンバーガーにしよっか？」

うさぎに聞くと、

「え――」

と、イヤそうな顔をする。その顔を見たボンがポツリとつぶやく、

「僕、やっぱりスパゲッティがいい」

な、何だよ。自分でハンバーガーと言っておきながら！

またこれでハンバーガー二票、スパゲッティ二票になってしまったので、百点に聞く、

「百点、どっちにする」

「スパゲッティのおいしいハンバーガー屋でいいんじゃない」

「ないからね」

「レーズンはどっちがいいんだよ」

ボンに聞かれ、考える。

ハンバーガーかスパゲッティか、バーガーかスパか、バーガーかスパか、バーかスか、バースか、ラーメン。

「ラーメンにしよ」

なぜかラーメンになってしまったのだが、なぜかみんなも反対しないので、昼食はラーメンにすることになった。

人でいっぱいの階段ターを上がり、ゲームコーナーと飲食店が並ぶ五階にやってきた。昼時ということで、ラーメン屋店内は込んでいた。

この店は、先にレジでチケットを買い、出来上がったら自分たちでカウンターに取りに行くというシステムになっている。

僕はチャーシューメン、タッパーはチャーシューメン&チャーハン、ポンちゃんはラーメン、百点もラーメン、うさぎは月見ラーメン（うさぎだけにね）、ボンも月見ラーメン（やっぱりね）と、おのおの買ったチケットを店員さんに渡し、飲料水を入れるグラスとおしぼりを持つ。

ちょうど食べ終わって出て行く人たちがいて、窓際の六人座れるテーブル席が空いたので、僕たちはその席に座った。

「ごちそうさま」

僕たちがボンにお礼を言うと、うさぎが言う、

「私どうしよう、さっきお母さんに千円もらったんだけど」

ボンはチャンス到来という顔をした、

「いいよ。その千円でシュークリーム買ってお母さんにあげたら」

「ありがとう」

うさぎが言ったと思いきや、それは後ろの席から聞こえてきた。

誰だ?という感じで、僕たちは一斉にふり返った。

何と、そこにはうさぎのお母さん、シュークリーム薫さんが座っていた。

「お母さん」

シュークリームさんは僕たちを見て言う、

「瞳とマモママモズのみんなじゃない」

「そんなチーム名、付けてないです」

「それより何でお母さんラーメン屋に来ているの?」

「いつもは社員食堂で昼食いただくんだけど、今日のメニュー、お母さんの嫌いなラーメンなのよ」

そうか、だからラーメン屋に……? 何だと!

シュークリームさんは、僕たちの席に椅子を持って来て座る、

「ボン君、ありがとうね。瞳の分まで払ってもらって」

ボンは照れ臭そうに水を一口飲む、

「ラーメンなんて、久し振りだな」

「どれくらいぶり？」

「ポンがまだ小学校入る前だから……」

ボンが考え中にシュークリームさんが聞く、

「交番で食べたの？」

「え？」

「小学校に入る前でしょ。ほら、校門の前に交番あるじゃない」

少しの沈黙を味わうと、ボンが口を開いた、

「……三年ぐらい前ですね」

「給食でもラーメンは出ないもんなぁ」

僕が言うと、シュークリームさんが思い出したように言う。

「そうねぇ。毎月献立表もらってくるけど、ラーメンは書いてあったことないわねぇ」

「はい、他の麵類は出るんですけど」

「焼きそばとかうどんは出ます」

タッパーが言い、うさぎも付け加える、

「スパゲッティもね」

百点も付け加える、

「メンチカツもだよ」

麺類じゃねぇよ！

シュークリームさんが僕を見る、

「給食といえば、レーズンパン嫌いなんでしょ、レーズン君」

「はい」

「レーズンだけ取れば食べれるんでしょ」

「はい」

「けど珍しいわね、レーズンパンのパンの方が嫌いだなんて」

「ち、違います。パンは好きで、レーズンが嫌いなんです」

「あ、レーズンの方ね」

レーズンパンが嫌いと聞いたら普通はそうでしょ。パンが嫌いならレーズンパン出さないもん。

「四番、五番のお客様、お待たせしましたー」

店員さんの呼ぶ声が聞こえてきた。

「四番、私だわ」

シュークリームさんは席を立ち、取りに行く。シュークリームさんは何を注文したのだろう。ラーメンが嫌いという話だから、チャーハンとかかなぁ。

シュークリームさんは、丼の乗ったお盆を持ち、戻ってきた。

お盆をテーブルに置き、椅子に座る。

丼の中にはチャーシューメンが入っていた。

なぜだ!?

シュークリームさんは割り箸を割り、

「じゃあ、先にいただくわね」

と言い、食べ始めた。

ズルズル、ズルズルズル。

とってもおいしそうにラーメンを食べるので、僕が聞く、

「あの、ラーメン嫌いじゃないんですか?」

「ラーメン?　嫌いよ」

「……とってもおいしそうですけど」

シュークリームさんはほほ笑み、

「ラーメンに入ってるチャーシューが嫌いなのよ。社員食堂で出るラーメンは、最初からチャーシューが一枚入ってて嫌いなのよね」

そ、それは、ラーメンが嫌いというより、チャーシューが嫌いなんじゃないか。

さっきのレーズンパンといい、ちょっとずれているような気がする。

しかも、チャーシューメン頼んでるじゃないかよ！

僕は暴れ出しそうな心をグッと我慢した。

# 10 M

「六番のお客様、お待たせしましたー」

僕たちの番号が呼ばれ、取りに行く。

おのおの、自分が注文したお盆を持ち席に戻る。

僕、タッパー、うさぎ、百点は割り箸を使うが、ボンポン兄妹は持参したフォークを使い食べ始める。

ズルズル、ズルズルズル。

「あれ？」

百点が声を上げた。

「どうした！」

僕が聞くと、百点は呆然《ぼうぜん》と言う、

「ラーメンがないんだ」

「え？」

た、確かに百点のお盆には何も載っていない。

「どうしたんだよ」

僕が聞くと、百点は呆然と言う、

「分からない。消えたんだ」

「消えた？」

僕が聞くと、百点は呆然と言う、

「うん」

うさぎが心配そうに言う、

「ボンがさっき買った消しゴム使ったんじゃない」

「じゃないよ」

僕はシュークリームさんに気を使い、やさしくうさぎに言った。

どうしてだろう……謎は深まるばかりだった。すると、シュークリームさんがテーブルに置いてあるコショウの瓶を持ち、僕のチャーシューメンにパッパッとかけた。

「飲んでみて」

どういう意味があるか分からないけど、謎を解く切っかけになるんだろうと思い、フーフーと冷ましスープを飲んだ。

「どう?」

「お、おいしいですけど」

僕が答えると、

「ふーん。それはそうと、ちょっと後ろに座っている人を見て」

と、僕をほったらかし、みんなに小声で言う。

コショウは何だったんだ!

みんなは言われた通り、カウンター席に座っている人を見る。

「そんなに注目しちゃだめよ。気付かれないように、チラッと見るの」

チラッと見てみると、ベージュ色のブルゾンにグレー色のスラックスという格好の、どこにでもいそうな四十代のおじさんがラーメンを食べていた。

シュークリームさんが小声で聞く、

「あの男の人の職業、何だと思う？　まずパン君から」

「レーズンです。レーズンパンのレーズンの方です」

「じゃあ次、ボン君」

と、飛ばされた……。

「僕はサラリーマンだと思います」

ボンが答え、みんなも次々に答えていく、

「チャンスマン」　ポンちゃん。

誰⁉

「コック」　タッパー。

「あの右手からして、サッカー選手」　百点。

「学校の先生かな……あ、私たちの担任の先生だ」　うさぎ。

吉村先生は女性！

シュークリームさんはガックリしながら言う、

「残念ながらみんな違うわね。瞳が一番近いけど」

親バカ！

「もう一度あの人をよーく見て」

シュークリームさんに言われた通り、僕たちがよーく見ると、

「そんなに見ちゃだめ」

と注意する。

どっちなんだ！

「チラッとあの人のうなじを見て」

シュークリームさんに言われた通り、うなじを見る。

「うなじの生え際。何かの形してない？」

べつに普通のうなじに見えるけど、と思っていると、百点が口を開いた、

「あ、山が二つあるように見えます」

シュークリームさんが感心する、

「いいところついてるわね。だけど違うの、山が二つあるんじゃなくて、アルファベットのMを形どっているの」

うなじでー!?

「そのMがどうしたんですか」

ボンが身を乗り出した。

「あのMはね、マジシャンのMを表しているの」

生え際でー!?

「マジシャンって、手品する人？」

ポンちゃんが聞くと、シュークリームさんはうなずいた、

「そう。もう分かったでしょ」

みんなはうなずき、百点がだめを押す、

「あの人が手品を使って僕のラーメンを消したんだ」

「正解」

シュークリームさんは立ち上がった、

「みんなで百点君のラーメン取り戻してらっしゃい」

「はい！」

大丈夫かなぁと思いつつ、僕もついて行く。まず百点が声をかける、

「すいません」

マジシャンはふり返り、僕たちを見る、

「何を?」

「出して下さい」

百点を先頭に、僕たち子供六人に囲まれ、少し驚いている様子のマジシャンが聞く、

「は、はい」

うさぎが顔を出す、

「マンションなんですよね」

「マジシャンなんですか?」

僕はすかさず訂正した。

「マジシャン?　ち、違うよ」

百点が応戦する、

「じゃあ、うなぎは何なんですか」

「じゃあ、うなじは何なんですか?」

僕はまたすかさず訂正した。

「う、うなじ?　自分では見えないから分からないねぇ」

とぼけるマジシャンにポンちゃんが突っかかる、

「百点のラーメン消したんでしょ」

「な、何のことだい？」

と、その時、

「七番のお客様、お待たせしましたー。あと六番のお客様、一つラーメンお忘れですよー。取りに来て下さーい」

と、店員さんの声がした。

「た、多分僕のだ」百点が言う。

「消えたって言ったじゃないか」

僕が言うと、百点は思い出した様子で言う、

「そういえば、お盆持ってくる時、妙に軽かった気がする」

載せてないんじゃないか！

百点はお盆を持ちカウンターに取りに行く。僕たちは、マジシャンに謝る、

「す、すいませんでした、マジシャンさん」

「い、いいけど、私はマジシャンではな……き、君たち、最後まで聞きなさいよ」

僕たちは席に戻って、ラーメンを食べ始めていた。

ラーメンを食べながら僕が報告する、

「シュークリームさん。あの人が消したんじゃなくて、百点が忘れていたんです」

「ご、ごめんなさい」

百点が謝ると、シュークリームさんが言う、

「だと思った」

え——!?

先に食べ始めていたシュークリームさんが食べ終わり、腕時計を見る、

「そろそろおばさんは仕事に戻ろうかな」

そう言って立ち上がるが、丼にはチャーシューだけ五枚残されていた。

チャーシューメン頼むな!

「あ、あの……」

タッパーがシュークリームさんに声をかけた。

「何?」

「チャーシューもらっていいですか?」

「あ、いいわよ。みんなに分けてあげる」

シュークリームさんはチャーシューを一枚ずつ、うさぎ、タッパー、ポンちゃん、ボン、百点と分けていき、僕にはコショウをパッパッとかけた。

……五枚しかないもんね。ないもんはしょうがないよね。だけどコショウはいらないよね。

シュークリームさんが店を出ていくと、タッパーがランドセルからタッパーを取り出した。みんなはラーメンをすすりながら、タッパーに注目する。

タッパーは箸とれんげを使い、麺とスープをタッパーの中に入れようとする。

「ちょっとタッパー」

「何?」

「ラーメン入れるの?」

「うん、今晩のご飯にするの」

「じゃあ、昼は食べないの?」うさぎが聞く。

「ううん、チャーハンは今から食べる」

僕は手首を回しながら言う、

「逆、逆」

「の逆」百点がつけたす。

「う、うん。今ラーメン食べて、チャーハン持って帰った方がいいんじゃないか」

僕が言うと、うさぎがつけたす、

「そうね、その方がお腹がふくれると思う」

「そうか、そうじゃなくて、麺のびちゃってまずくなると思うよ」

「そうか、チャーハンなら、隣の桜井さん家でチンしてもらえばおいしいもんね」

タッパーはれんげでチャーハンをタッパーに詰め始めた。

電子レンジないんだ……。


みんなラーメンを食べ終わり、休憩を取っていると、ボンが思い出したように言う、

「やっぱり、うさぎのお母さんは僕の思っていた通りやさしい人だったなぁ」

うさぎが反論する、

「家では厳しいのよ」

「そう?」ポンちゃんが聞く。

「うん。この前だってテレビのものまね番組観ていて、七番目の出場者が九十八点取った

んだけど、お母さんは『今のは似てない、三十四点よ』と言ってたもん」

「き、厳しいね」とボンが言う。

確かに厳しいけど、ちょっと違うような……。

「君たち」

お盆を持ったマジシャンが声をかけてきた。

「あ、さっきはすいませんでした」

「いや、そのことはいいんだけど、一つ言っておきたいことがあるんだよ」

「何ですか？」

「私のうなじがどうなっているかは知らないが、決してマジシャンではな……」

「ねぇ、マジシャン」

マジシャンが言い終わる前にポンちゃんが声をかけた。

「だから私はマジシャンではな……」

「何かマジック見せてもらえませんか？」

今度はうさぎが声をかけた。

百点がリュックの中をガサゴソしだすので、僕が止める。

「マジック違い」

「最後まで私の話を聞きなさい。私は、マジシャンではな……」

「私も見たい」

今度はタッパーが声をかけた。

マジシャンは少しイラつき始めた、

「き、君たちね、私はマジシャンじゃな……」

「見っせって、見っせって、見っせって」

今度は百点が見せてコールし始めた。

「ち、ちょっと君！」

「見っせって、見っせって、見っせって」

百点に釣られて、うさぎ、タッパー、ポンちゃん、ボンも見せてコールに加わる。

ついでに僕もコールに加わる、

「見っせって、見っせって、見っせって」

何のことだか分かってないと思うけど、他のお客さんたちも箸を置き、見せてコールに加わる、

「見っせって！　見っせって！　見っせって！」

何のことだか分かってないと思うけど、店員さんたちも仕事をとめ、見せてコールに加わる、

「見っせって！　見っせって！　見っせって！」

ラーメン屋店内は、見せてコールの大合唱になった。

「見っせって！　見っせって！　見っせって！」

大合唱の中心に立っているマジシャンは、ポツリつぶやいた、

「……やります」

「イエ――――!!」

店内の人全員が右手を上げ叫んだ。

「じ、じゃあ、誰かトランプ持ってるかい」

親子連れで食べに来ている人が手を上げ、買ったばかりのトランプをマジシャンに渡した。

マジシャンは、何でこんなことになってしまったんだろう、という顔をしながらトランプを切り、扇形に広げた。

「誰か抜いてくれますか」

「はい」

百点が手を上げた。

「じゃあ、お侍さん」

百点はニコニコしながら、マジシャンの髪の毛を一本抜いた。

「イテ！」

マジシャンは自分の頭をさすりながら言う、

「毛じゃなくて、トランプ！」

「すいません」

百点は謝りながらトランプを一枚抜く。

「そのトランプを私に見せないようにして、みんなに見せて下さい」

百点はトランプをみんなに見せながら言う、

「ハートの9。ハートの9ですよ」

マジシャンは顔を上げる、

「言っちゃダメ」

「あ、そうか」

トランプを切り直し、扇形に広げる、

「今度は言わないでね」

「はい」

百点は手を伸ばし、マジシャンの髪の毛を一本抜いた。

「イテ！」

マジシャンは自分の頭をさすりながら言う、

「君はダメ。他の人抜いて」

結局、カップルでラーメンを食べに来ていた女の人がトランプを抜き、みんなに見せる。

スペードの3だった。

マジシャンは見ないようにそのトランプを受け取り、中に戻した。

「誰か切って下さい」

「はい」

うさぎが手を上げた。

「じゃあ、うさぎの着ぐるみちゃん」

うさぎはニコニコ笑い、タッパーに言う、

「文具セット貸して」

タッパーはさっき買ってもらった文具セットをうさぎに渡す。

うさぎは受け取った文具セットからハサミを取り出した。

そして、椅子に上がり、マジシャンの頭に手を置いた、

「今日はどんな髪形にしましょうか?」

「君もダメ、他の人切って」

結局、カップルでラーメンを食べに来ていた男の人がトランプを切り、マジシャンに戻した。

マジシャンはトランプの裏をサーッと見渡し、一枚抜いた、

「これじゃないか!」

店内全員の目がトランプ一枚に集中した。

スペードの3だった。

「オ———!!」

店内のみんなが喚声を上げた。

マジシャンはトランプを持ち主に返し、

「昔、宴会でマジックをやって以来ですから、私は決してマジシャンなんかではな……」

「マッジッシャン、マッジッシャン」

百点がマジシャンコールを始めた。

「わ、私の話を最後まで聞……」

「マッジッシャン、マッジッシャン」

僕も含めた五人もコールに加わる。

「マッジッシャン！　マッジッシャン！」

今度は、意味が分かった様子で、お客さんたち、店員さんたちもマジシャンコールに加わる。

「私……マ……では……」

店内全員のマジシャンコールに、マジシャンの声はかき消された。

「マッジッシャン！　マッジッシャン！」

マジシャンコールの大合唱に、諦める。というか、開き直ったマジシャンは、両手を上げ店を出ていく。

すると、洗い場担当の店員さんが呼び止める、

「マジシャンさん、待って下さい」

「はい？　サインですか」

少し図に乗っているマジシャンを、

「いえ、丼をカウンターまで戻して下さい。うちはセルフなんで」

「は、はい」

と、少し図に降ろした。

マジシャンは丼をカウンターに戻し、店を後にした。

後《のち》に、このおじさんがマジシャンを目差し、数年後に、遅咲きのスーパーマジシャンと世間から呼ばれるとは、この時誰も思っていなかった。

マジシャンが出て行くと、店内全員の人たちは何もなかったように元に戻った。

「さっきの手品すごかったね」

ポンちゃんの言葉に、百点が反応する、

「いや、大した手品じゃないよ。あのトランプの裏には魔法少女カケラレちゃんが立っている絵が書いてあったでしょ、新品だから当然全部絵柄はそろっている。だから一枚抜い

て逆さ、つまりカケラレちゃんが逆立ちしている状態にして戻すんだ。そうすると、いくら切っても、裏の絵が一枚だけ逆さまのままってわけ。それを抜いて見せればいいんだよ」

「ふーん」

みんなで感心する。

たまにまともなことを言う百点に、頭良かったんだと、再認識する。

僕たちは丼をカウンターに戻し、店を出た。

# 11　マントヒヒ

ラーメン屋を出た僕たちは、おやつを買うため一階に下りることにする。

昼を過ぎ、ますます込んできたので、ボンが、

「ポン、迷子になるといけないから」

と、ポンちゃんと手をつなぐ。

百点のお陰ですっかり大人気の階段ターを人ごみに紛れながら下り、一階に着いた。

食料品売場のお菓子コーナーへ向かおうとしたところで、

「ワッ!?」

と、ボンが驚いた。

どうしたんだと、僕たちはボンを見る。

何とボンは、ポンちゃんではなく、知らないマントヒヒと手をつないでいた。

ボンは、つないでいた手を急いで振り払う、

「な、何で⁉」

「あんたこそ何よ」

し、しゃべった！　マントヒヒがしゃべった！　ビックリしながらよーく見ると、マントヒヒ似の人間のおばちゃんだった。

百点はマントヒヒ似を見て言う、

「ポンちゃん、急に大きくなったね」

違うだろ！

ボンはふり返り、階段ターを見る、

「さっきの人ごみでポンと入れ替ったんだ」

「じゃあ、ポンちゃんは？」タッパーが言う。

「まだ、階段ターにいるかもしれない」

僕たちが階段ターに向かおうと走り出すと、ツルンと足元が滑り、次々に転んでしまった。

「イテテ」

僕たちはお尻をさすりながら立ち上がる。

何で滑ったんだろうと床を見ると、バナナの皮が五、六枚落ちていた。

何でバナナの皮が落ちているんだろうと思ったけど、すぐ分かった。

横に立っているマントヒヒ似が、口いっぱいにものを入れ、というか、口からはみ出るくらいバナナを頬張《ほおば》り、息苦しそうにしていたのだ。

何でそこまでして？　と思ったけど、僕たちはそれどころではない。

急いで階段ターに戻り、周辺を見渡した、

「ポーン」「ポンちゃーん」

僕たちは人ごみのすき間を覗いたり、遠くまで声が届くように大声を出したりしたが、ポンちゃんの返事はなかった。

うなだれながら階段ターを離れる僕たちに、マントヒヒ似が近付いてきて、

「ヒヒヒヒ」

と、ヒヒ笑いする。

「何がおかしいんですか！」

僕が突っかかると、マントヒヒ似はニヤッと笑う、

「あんたたちの友達、どこか行っちゃったみたいだね」

「僕の妹ですよ！」

ボンが睨むと、マントヒヒ似はニヤッと笑う、

「人の不幸は蜜の味だね」

それを聞いたうさぎが言い返す、

「マントヒヒの不幸はバナナの味ですか？」

「何よ、うさぎのくせに！」

マントヒヒ対うさぎ？

無口なタッパーも、堪らず口を開いた、

「何で私たちにそんなことするんですか。ボン君がまちがえて手をつないだだけで」

マントヒヒ似が顔を赤くする、

「わたしゃね、ガキが大っ嫌いなのよ。この前だって、甘柿だと思って食べたら渋柿だったし」

柿？

「その前だって、新鮮ガキだと思って生で食べたら、あたって腹こわしたし」

カキ？

「その前も、どこかに落として家の中に入れなかったし」

鍵？

「その前も、暑かったし」

夏季？

「その前も、山にいたら、私を見た子供たちが野良ヒヒだと言って、逃げていったし」

それ！

「中でも、侍とうさぎの格好してるガキが一番嫌いなのよ」

それを聞いた百点は、マントヒヒ似に近付き、ほっぺを引っぱる。

「おばさんもマントヒヒの着ぐるみ脱いで下さ……あれ？」

振り向く百点に、僕が教える、

「本物」

「え――――!?」

驚いてもよし！

「し、失礼なガキたちね」

マントヒヒ似は百点の手を払い、去っていく。

しかしその途中、自分でばらまいたバナナの皮に足を滑らせて転がった。

「イタタ」

そこを通りかかった店員が、マントヒヒ似を助け起こした。

「大丈夫ですか？」

「あ、ありがとね」

「いいえ」

店員さんは八重歯をキラッと光らせ、爽《さわ》やかな笑顔で言う、

「さっき、陳列されているバナナを勝手に食べましたね。ちょっとこちらまで来て下さい」

爽やか店員さんに連れていかれるマントヒヒ似を見て、ざま見ろ！　そう思った僕たちは、ポンちゃん捜しを再開した。

# 12 ボンの怒り

「まず店員さんに言って、店内放送してもらおうよ」

僕の提案で、百点が店員さんのところへ走る。

「レーズンとうさぎは二階を捜してくれ。僕とタッパーで一階を捜すから」

ボンはそう言うと、タッパーを連れ、人ごみに消えていった。

いつものボンなら当然うさぎと行動したいはずなのに、それどころじゃないといった行動は、そうとう動転している証拠だ。


僕とうさぎは階段ターを利用し、二階に上がった。

午前中より増加していたお客さんたちを見た僕とうさぎは、どこをどう捜せばいいのか、途方に暮れる。

「……お母さんに聞いてみよっか」

「そ、そうだな。マネキンだから前を通る人見てるもんな」

僕とうさぎはキョロキョロとポンちゃんを捜しながら、シュークリームさんのところまでやってきた。

シュークリームさんはさっきとは違うポーズで立っていた。

「お母さん」

シュークリームさんは僕たちに気付いた、

「あら瞳、レーズン君と二人だけ？」

「うん」

「邪魔者は帰したってわけね」

うさぎが焦りながら言う、

「ち、違うわよ、お母さん」

「あ、あの……」

僕が言いかけると、

ピンポンパンポーン。

と、店内放送が流れてきた。

「本日はぁ、水玉屋にご来店いただきましてぇ、誠にありがとうございますぅ、迷子のお知らせをいたしますぅ、子犬市内からお越しのぉ、片岡学君が迷子になりましたぁ、十一歳で眼鏡をかけたぁ、お侍さんの格好した男の子を見かけた方はぁ、お近くの店員までお知らせ下さいませぇ」

ピンポンパンポーン。

まったりとしたしゃべり方の放送が終わると、シュークリームさんが聞いてきた、

「百点君が迷子になったの？」

僕とうさぎは首を横に振る。

「でも、今放送で」

「多分百点が言い間違えたんです。本当はポンちゃんが迷子になったんです」

「え、タッパーちゃんが？」

二人は、もう一度首を横に振った。

「ポンちゃんです。シュークリームさん見かけなかったですか？」

今度はシュークリームさんが首を横に振った、

「見てないわね……そういうことなら、放送し直してもらわないといけないわね」

「僕たち行ってきます」

「ちょっとまって、私もついていくわ」

「お母さん、お仕事は？」

「そんなこと言ってる場合じゃないでしょ。行くわよ」

僕は、シュークリームうさぎ母子と一階に下り、百点が待っているサービスカウンターというところにやってきた。

するとちょうどボンとタッパーも駆け付けてきたところだった。

そして、誰よりも早く、ボンが百点に詰め寄った、

「何だよ、今のは！」

百点はたじろいだ、

「な、何が？」

「何が、じゃないだろ。百点が迷子になったことになってるじゃないか！」

「あ――!?」

またか！

「バカヤロー！」

ボンは左手の拳で百点を殴り飛ばした。

バチン！

ドタン！

尻もちをついた百点は、頬を押さえながら立ち上がり、

「な、殴ることないだろ！」

と言いながら僕を殴り飛ばした。

バチン！

ドタン！

うそ！

僕は倒れながらそう思った。そして頬を押さえ立ち上がる、

「な、何で、僕を殴るんだよ！」

「ご、ごめん。よく見えないから……勘で」

百点は尻もちをついた時にメガネを落としていたのだ。

タッパーにメガネを拾ってもらった百点は、僕とボンに謝る、

「ご、ごめん。店員さんにいろいろ聞かれて、つい自分のこと言ってしまったんだ」

「……分かった。僕も殴って悪かった」

ボンも謝ったところで、シュークリームさんが手を叩く、
パチパチパチパチ。

「いいお芝居観せてもらったわ」

やってない！

「でもそんなことしてる場合じゃないわよ。もう一度店内放送してもらって、みんなもポンちゃん捜しましょ」

「はい！」

百点は店員さんにもう一度お願いする。一階はボンとタッパーが引き続き捜す。二階は仕事場があるシュークリームさんが捜す。三階は僕とうさぎが捜すことになった。

ピンポンパンポーン。

「本日はぁ、水玉屋にご来店いただきましてぇ、誠にありがとうございますぅ、迷子のお知らせをいたしますぅ、子犬市内からお越しのぉ、三国小百合ちゃん八歳が迷子になりま

したぁ、赤いワンピースを着た女の子を見かけた方はぁ、お近くの店員までお知らせ下さいませぇ」

ピンポンパンポーン。

ポンちゃんも、このまったりとしたしゃべり方の放送聞いてないかなぁと思いつつ、三階に着いた。

まず、ポンちゃんが行きそうな玩具売場を捜す。

ゲームやラジコンコーナーは男の人が多く、ポンちゃんの姿はなかった。

「あ！」

うさぎが声を上げた。

「どうした、ポンちゃんいたか？」

僕がふり返ると、うさぎは首を横に振り、プラモデルの箱を持つ、

「これ見て、昔お母さんこれやってたんだよね」

「……僕には分からない」

答えようがなかった。人間がプラモデルをやれるとは思えないし、うさぎが持っている箱は、まっ赤なスポーツカーのプラモデルだったし……。

「いけない。今はそれどころじゃなかったわね」

うさぎはペロッと舌を出し、ぬいぐるみコーナーを捜し始めた、

「いないわねぇ」

「そうだなぁ」

捜していると、四、五歳ぐらいの女の子が通路に座り込み、お母さんに駄々《だだ》をこねていた、

「買って、買って、買ってー」

「この前買ってあげたじゃない」

「新しいのが欲しい、買ってー」

女の子を見たうさぎが懐かしそうに言う、

「私もあんな頃あったわねぇ……一週間前」

最近だな、おい！

駄々をこねていた女の子が、うさぎを見付けた、

「ママー、この大きいうさちゃんほしい」

どうやら、うさぎをぬいぐるみとまちがえているらしい。

「駄目よ、こんな大きいの。お部屋のどこに置くのよ」

お母さんの方もまだ気付いていない。

「ベッドで一緒に寝るのぉ」

「値段も高そうだけど……しょうがないわね」

「ヤッター」

母子はまだ全然気付いていない。

顔は出てるのに……。

「いらっしゃいませ」

店員さんがやってきた。

「このぬいぐるみ、おいくら？」

「三万円になります」

え、売るの？　店員さんも気付いてないの？

「じゃ、買おうかしら」

「ありがとうございます」

このままではうさぎが売られてしまうと思った僕が声をかける、

「ちょっとまって下さい」

母子、店員さんが僕を見る、

「何ですか？」

「こ、この、うさぎは人間ですよ。ぬいぐるみじゃないですよ。なぁ、うさぎ」

うさぎは直立不動で、ぬいぐるみになりきっていた。

親譲りだ……。

僕はうさぎに耳打ちする、

「売られたらシュークリームさんと離れ離れになっちゃうんだぞ」

うさぎは首を横に振り、歌い始めた、

「♪ピョンピョンピョン　♪私は赤い目をしたうさぎちゃん　♪ピョンピョンピョン　♪私は白いうさぎちゃん」

歌を聞いたお母さんが感心する、

「このぬいぐるみ、歌うのねぇ」

店員がうなずく、

「ですから、お値段も少々張るのです」

歌ってもだめ!?

「あ、私こんなことしてる場合じゃなかった」

うさぎはペロッと舌を出し、歩き始めた。

その後ろ姿を見ながらお母さんが感心する、

「このぬいぐるみ、歩くのねぇ」

店員がうなずく、

「ですからお値段も少々張るのです」

やってろ!

僕とうさぎは逃げるように玩具売場を離れた。


元プラモデルの母を持つ、ぬいぐるみのうさぎと書店に入った。

立ち読みしている人の間を通りながら、店内を捜し回ったけど、ポンちゃんの姿はここにもなかった。

次の場所に行こうとしたところで、ある本を見付けた、

「これ、読んだ?」

僕は文芸社から出ている『バナナはおやつに入るんですか？』を持ち、うさぎに聞いた。

「読んでない」

「面白いらしいよ」

「そんなこと言ってる場合じゃないでしょ」

うさぎは僕から本を奪い取り、本棚に戻した、

「ほか、捜しにいきましょ」

「……はい」


僕とうさぎは眼鏡時計販売店を捜すことにした。

中に入り、ポンちゃんがいないことを確認すると、次に向かうことにして店を出る。

出る時、二人の店員さんを見たんですが、とてもイチャイチャして、とても幸せそうでした。


文房具店、スポーツ用品店も見回ったけど、ポンちゃんの姿はなかった。

「三階にはいないみたいだな」

「そうねぇ」

僕とうさぎは、まだ捜していない四階に向かうことにした。

歩きだすと、店内放送が流れてきた。

ピンポンパンポーン。

「本日はぁ、水玉屋にご来店いただきましてぇ、誠にありがとうございますぅ、迷子のお知らせをいたしますぅ、先程迷子になりましたぁ、三国小百合ちゃんが見付かりましたのでぇ、お友達の方々はぁ、サービスカウンターまでお戻り下さいませぇ」

ピンポンパンポーン。

「うさぎ!」

「ポンちゃん見付かったみたい!」

まったりとしたしゃべり方の放送を聞いた僕とうさぎは、急いで一階に下り、サービスカウンターに向かった。

サービスカウンターに着くと、ボンの声が聞こえてきた、

「ふざけるなよ!」

ポンちゃんが見付かってうれしいはずなのに怒っていた。

「どうしたんだよ、ボン」

「あ、レーズン」

ボン、タッパー、百点、シュークリームさんも戻ってきていた。

「何怒ってるんだよ。ポンちゃん見付かったんだろ」

「違うんだ」

「え?」

僕、うさぎ、タッパー、百点、シュークリームさんが声をあわせた。

「お前も驚くなよ!」

ボンは百点に詰め寄った。

百点はたじろいだ、

「な、何が?」

「何が、じゃないだろ。これのどこがポンなんだよ、人形じゃないか!」

ボンが指さす百点の横には、ペロリンちゃん人形が立っていた。

ペロリンちゃん人形とは、一階サービスカウンター横にある喫茶「ペロリン」のマスコット人形で、赤いワンピースが着せてある女の子の人形なのだ。

「あ――!?」

もう、飽きた。

「バカヤロー!」

ボンは左手の拳で僕を殴り飛ばした。

バチン!

ドタン!

また!?

僕は倒れながらそう思った。そして頬を押さえ立ち上がる、

「な、何で、僕を殴るんだよ!」

「ご、ごめん。だって百点殴っても、百点がレーズン殴るから、僕が直接殴った方が早いかなと思って……」

省略《しょうりゃく》するな!

百点がペロリンちゃん人形を見ながらボンに謝る、

「ご、ごめん。ポンちゃんと似てたから、まちがえたみたいだ」

人形と!?

「分かった。僕も殴って悪かった」

僕だよ。殴られたのは僕！

ボンも謝ったところで、シュークリームさんが手を叩く。

パチパチパチパチ。

「いいお芝居観せてもらったわ」

だから、やってない！

「でも、そんなことしてる場合じゃないわよ。もう一度店内放送してもらって、みんなもポンちゃん捜しましょ」

「はい！」

# 13　うさぎの悩み

百点は人形を戻しに行く。一階はボンとタッパーが引き続き捜す。二階はシュークリームさんが引き続き捜す。三階は捜し終わったので、四階を僕とうさぎが捜す。

ピンポンパンポーン。

「本日はぁ、水玉屋にご来店いただきましてぇ、誠にありがとうございますぅ、迷子のお知らせをいたしますぅ、先程見付かったと放送しましたぁ、三国小百合ちゃんはぁ、見付かっておりませんでしたぁ、もし見かけましたらぁ、お近くの店員までお知らせ下さいませぇ」

ピンポンパンポーン。

まったりとしたしゃべり方の放送が終わったところで、僕とうさぎは四階に着いた。

四階は家電売場、家具売場、寝具売場に分かれている。

僕とうさぎはまず家具売場を捜す。

うさぎが勉強机の引出しを一つ一つ捜しながら聞いてきた、

「ねぇ、レーズン」

「何？」

「最近ちょっと成績悪くなってきてるの」

うさぎの耳がたれ下がって見えた。

「百点には負けるとしても、僕よりはずっといいだろ、気にするなよ」

「そうねぇ。じゃあ、言っておく」

うん……え？

「言っておく？」

うさぎはうなずく、

「うん。親戚の家の隣の隣の家に住んでいる人の、斜め後ろの人のこと」

誰だよ！

「何だ、うさぎのことじゃないのか」

うさぎは耳を立てて言う、

「私は、レーズンよりずっと優秀よ」

そうです！


寝具売場を捜していると、枕の裏まで覗いて捜しているうさぎが聞いてきた、

「ねぇ、レーズン」

「何？」

「おねしょ、いつまでしてた？」

「な、何でそんなこと聞くんだよ」

うさぎは恥ずかしそうに言う、

「ちょっと悩んでいるんだ」

「ま、まさか今でも？」

「時々」

え？　男子のマドンナ的存在のうさぎが、今だにおねしょを？

「そ、そう。でも世の中には沢山いると思うよ」

「そ、そうかな」

うさぎの耳がたれ下がっているように見えた。

「た、例えば、寝る前にトイレに行くとか、寝る前に冷たい飲み物飲まないようにすれば、しなくなるんじゃない？」

「そうねぇ、じゃあ言っておく」

うん……え？　また？

「また、うさぎのことじゃないの？」

うさぎがうなずくので、僕が聞く、

「じゃあ、親戚の隣の隣の家に住んでいる人の、斜め後ろの人のこと？」

「ううん。親戚の隣の隣の家に住んでいる人の、斜め前の人のこと」

前かよ！　誰だよ！

「何だ、うさぎのことじゃないのか」

うさぎは耳を立てて言う、

「違うわよ。私は一年生の時、布団におねしょで天使を描いた日からピタッと止まったもん」

夢のある話だねぇ……。

# 14 ヨッタ

僕とうさぎは、次に家電売場に入った。展示されているテレビを見ているおじさんたちを尻目に、ポンちゃんを捜し始める。

例によって、うさぎは洗濯機の蓋を一つずつ開けて中を覗いたり、掃除機のノズルの中を覗いたりしながら捜している。

そんなところにはいないと思うけど……。

一つ一つ冷蔵庫のドアを開けながら捜しているうさぎに声をかける、

「うさぎ、そんなところには……」

「いた！」

「うそ！」

僕は急いでうさぎに駆け寄った、

「ポンちゃんいた?」

「知らない人がいる」

冷蔵庫の中には、二十歳ぐらいの一見普通の少しきゃしゃな男の人が入っていた。

「見付かっちゃったか」

男の人はそう言うと、冷蔵庫から出てきて、僕たちに頭の天辺《てっぺん》を見せる。天辺には三つものつむじが渦巻いていた。

「隠れん坊ヨッタさんですか?」

「そう、私が世界中のどこかに隠れているという、隠れん坊ヨッタだよ」

頭の天辺に三つものつむじがあるのが、隠れん坊ヨッタさんの最大の特徴なのだ。

感激している僕とは違い、うさぎは呆然としている。

「うさぎ、知らないのか」

「うん」

「この前、ヨッタ現象ってあっただろ」

「何となく聞いたことがある」

ヨッタさんは自慢気に話し始めた、

「そう、あれは確か一カ月前、いつものように転々と隠れ場所を変えていて、某テレビ局の中で隠れていた時の話だ。ニュースの天気予報で使う日本列島のボードに隠れていた」

「知ってる。低とか高とか貼ってあるやつでしょ」うさぎが言う。

「そう、そのボードに隠れていたらニュースの天気予報が始まってしまったんだ。そして天気予報士さんは言ったね『明日は全国的に晴天に……い、いえ、ただいま急に台風十八号、十九号、二十号が上陸しました。大雨洪水暴風波浪には十分気を付けて下さい』とね」

うさぎが興味津々で聞く、

「それで、それで」

「そのボードが透明だったから、僕のつむじが日本列島に重なってしまい、僕のつむじを台風の渦と勘違いしてしまったんだね」

「何で、それがヨッタ現象なの?」

「次の日、雲一つない晴天なのに、日本中の人が長靴雨ガッパ姿だったんだよ。それがヨッタ現象さ」

「どう、分かった？」

「分かった。というより、こんなことしてていいの？」

「あ！」

ヨッタさんの話に夢中で、ポンちゃん捜しをすっかり忘れていた。

「ポンちゃん捜しに戻ろ」

「うん」

僕は一応ヨッタさんにも聞いてみた、

「あの、小学二年生で赤いワンピースを着ている女の子、見かけませんでしたか？」

「知ってるよ」

「え、本当ですか？」

「さっき階段を上がっていたら、その子がついてきて『隠れん坊ヨッタでしょ。隠れんぼしよ』と、世界中で隠れんぼしているこの僕に挑戦状を叩き付けてきたんだよ」

遊びたかっただけだと思うけど……。

「僕もついカッとなって受けちゃったね。見付けられるものなら見付けてみろって感じさ」

大人げないなぁ……。

「じゃあ、今もどこかでヨッタさんを捜しているんだ」

うさぎがホッとしながら言う、

「良かった。誘拐とかじゃなくて」

「でも、見付かるまでは安心できないよ」

「うん」

「このことボンたちに知らせた方がいいな」

「うん」

「じゃあ、ヨッタさん、僕たち行きます」

「何か悪かったね、僕のせいで」

「いいえ」

僕たちは目をつぶり十秒数える、

「一、二、三、四、五、六、七、八、九、十」

目を開けると、ヨッタさんの姿はもうなかった。

ちなみに、ヨッタというニックネームは、本名の吉田武からきている。

# 15 チャンスマン

僕たち五人とシュークリームさんは、一旦サービスカウンターに集まった。

「隠れん坊ヨッタを捜してる？」

「そうなんだ」

百点が考え始める、

「僕たちが捜しているポンちゃんが捜しているヨッタさんは、いったい何を捜しているんだろう」

「べつに、何も」

ボンが聞いてくる、

「一階にはいなかった。二階はどうですかシュークリームさん」

「二階も見かけなかったわね」

「三、四階もいなかったよ」

ガックリするボンにタッパーが声をかける、

「チャンスマンに頼んでみようよ」

「誰？」

「知らないの、どんなピンチもチャンスにしてくれる人よ」

「確かにボンが見付からなくてピンチだけど……」

迷っているボンにうさぎが声をかける、

「アリの手も借りたい時なのよ」

アリの手って細いぞー。

「じゃあ、頼んでみようか」

ボンの携帯電話に、百点が憶えていた番号を打ち込み、僕が持つ。

プルルルルル　プルルルルル　プルピ。

「もしもし」

「あ、あのチャンスマンですか？」

「えーと、どんなピンチでもチャンスに変えてしまっている。ということで最近噂のチャンスマンですけど」

とてもかったるそうだった。

「あの、ピンチなんですけど」

「どんな？」

「迷子になった女の子が見付からないんです」

「なるほど、君はいくつ？」

「十一歳です」

「親は？」

「うさぎの親、シュークリームさんならいます」

「……今秋でしょ、一番忙しい時期なのよね」

「そ、そうなんですか」

「君たちお金は持ってるの？」

「百万円ぐらいなら」

「……おもちゃのお金？」

「いえ、本物です」

「秋は一番暇な時期なの、今から行くよ。場所はどこ?」

「……デパート水玉屋です」

「少し遠いけど急いで行く」

「お願いします」

「水玉屋といっても広いよね。どこで待っててくれる?」

「どのくらいで着きます?」

「自転車だから二時間、いや、三時間後には着くと思うよ」

「そ、そんなにかかるんですか」

「早い方だよ」

「僕たちも店内捜し回ってますから。あ、そうだ。うさぎと侍を見かけたら僕たちだと思って下さい」

「……分かった。着いたら捜してみるよ。じゃあ、待ってろよ太郎君」

ピプープープー。

た、太郎君?

僕が返す携帯電話を手に取るボンが聞く、

「どうだった?」

「来てくれるって」

「良かったぁ」

「でも、あてにならないよ」

「何で?」

「ここに着くまでに三時間かかるんだって」

「……」

「僕たちでポンちゃん捜し出そ」

「うん!」

# 16 ポンちゃんの行方

シュークリームさんには仕事に戻ってもらい、僕たち五人はまだ捜していない五階に向かった。

五階はゲームコーナーと、昼入ったラーメン屋の他に、ハンバーガー、カレー、お好み焼、クレープなどの飲食店が並んでいる。

僕たちはバラバラに分かれて捜し回ることにした。

僕はお好み焼屋、ボンはラーメン屋、うさぎはハンバーガー屋、タッパーはクレープ屋、百点はカレー屋と、おのおの店の中に入っていった。

僕はやきそばを食べているカップルに声をかける、

「すいません」

「何?」

「あの、赤い服を着た八歳ぐらいの女の子見ませんでしたか?」

カップルは見詰めあったまま答える、

「見た?」

「ううん、私は将之しか見えない」

「僕も、紀子しか見えないよ」

「……ありがとうございました」

次にお好み焼を食べているおじいさんに聞く、

「すいません」

「は?」

「ちょっと、聞きたいんですけど」

「何じゃ」

「赤い服を着た八歳ぐらいの女の子見ませんでしたか?」

「ほー、見たことあるのー」

「ど、どこで見ました?」

「えーと、どこじゃったかのぉ」

「思い出して下さい」

「あれは確か六十年前のことじゃ……」

「ありがとうございました」

僕が店を出ようとしたら、

「おい、ぼーず」

と、パンチ系ストレートヘアーおじさんに呼び止められてしまった。髪形はパンチパーマなんだけど、着ているトレーナーには「俺はストレートヘアー」と書いてあった。

そのおじさんが飲んでるビールを突き出す、

「これ飲むか？」

「い、いいです」

「何だよ、未成年じゃないんだろ」

「まだ十一歳ですから」

「じゃあ、ぎりぎり未成年か」

ぎりぎり？

「けど、俺が十一歳だった頃は無茶もしたぞ。あんなこと、そんなこと」

それじゃ分かんない。

「そういや、さっきから誰か捜してなかったか」

「あ、はい。赤い服を着た八歳の女の子なんですけど」

「あー、見たな。ゲームコーナーで見たな」

「ありがとうございます」

僕がお好み焼屋を出ると、みんなも店を出てきたところだった。

ボンはガックリしながら言う、

「駄目だった」

タッパーはクレープを食べながら言う、

「誰も見てないって言ってた。けど、家が貧乏だって言ったらクレープくれた」

「うさぎは?」

「何ももらえなかった」

「いや、そういうことじゃなくて、ポンちゃんのこと」

「いろいろな人に聞いたけど見てないって」

「百点は？」

「カレーを食べてる六人の人にアンケートをとった結果、三人の人が中辛、あとは各一人ずつ辛口、甘口、甘辛という結果になりました」

ボンがへなへなと尻もちをついてしまった。

怒る気力もないといった感じだ。

そんなボンに代わって僕が言う、

「甘口だろうが、辛口だろうが、甘辛……甘辛？だろうが、そんなことはどうでもいいんだよ」

「分かってる。ポンちゃんのことも聞いたよ」

「どうだって？」

「甘辛食べていた人が見たって」

ボンがバッと立ち上がる、

「ど、どこでポンを？」

「十分ぐらい前にゲームコーナーで見たって」

「僕と一緒だ」

どうやら、パンチ系ストレートヘアーの言ったことも本当だったらしい。

「行ってみよ」

「オウ！」


ゲームコーナーは二つのスペースに分かれている。一つは対戦格闘やレースゲームがあるスペース。もう一つがＵＦＯキャッチャーやプリクラがあるスペースだ。

まず対戦格闘ゲームなどがあるスペースを捜したが、男の人たちばかりでポンちゃんの姿はなかった。

今度はＵＦＯキャッチャーなどがあるスペースを捜し始める。家族やカップルが楽しそうに遊んでいるところに、一人でＵＦＯキャッチャーをしている女の子がいた。

「ポ、ポンちゃんじゃない」

「ど、どこ？」

ボンに聞かれた僕は指さした、

「あそこ」

うさぎが指さす方を見ながら言う、

「あの、怒り肩のおばさんが?」

「その、左隣り」

百点も指さす方を見ながら言う、

「あの、なで肩のおじさんが?」

「その、右隣り」

「ポンちゃんだ!」

僕たちは走り出した。そして、急いでポンちゃんのところに駆け寄った。

ボンが声をかける。

「ポ、ポン」

ポンちゃんはUFOキャッチャーのボタンを押しながら振り返る、

「あ、お兄ちゃん、みんなも」

ボンはポンちゃんを抱き締めた。

「ち、ちょっとお兄ちゃん、ボタン押し間違えちゃうよ」

「バカヤロウ、心配したんだぞ」

ボンの声は半分泣き声だった……。

「ヨッタさん捜してたんだよね」僕が聞く。

「うん。見付けたけどなかなか取れないの」

「見付けたの？」

「うん、そこ」

ポンちゃんはＵＦＯキャッチャーの中を指さした。ＵＦＯキャッチャーの中にはいろいろなキャラクターのぬいぐるみに混ざって、隠れん坊ヨッタ人形が入っていた。

「あれは人形よ」

タッパーの言葉にうさぎも付け足す、

「ヨッタさんは私たちが見付けたから、どっかいっちゃったよ」

「なーんだ」

「ずっとここでＵＦＯキャッチャーしてたのか？」

ボンに聞かれたポンちゃんは財布の中を見る、

「三千円ぐらい使っちゃった」

「店内放送は……」

チャチャンチャチャチャチャンチャチャチャン。

と、ゲームの音が流れている。

「これじゃ聞こえないね」

「ねぇ、お兄ちゃん」

「ん？」

「あれ取って」

ポンちゃんはヨッタ人形を指さした。

「人形だぞ」

「うん。ほしい」

「よし！」

ボンは一万円札を百円玉に両替して、ＵＦＯキャッチャーに投入する。

「よし。今度こそ」

十九回目。ウィーン、カチ。ヨッタ人形の頭をクレーンがキャッチした。ウィーン、ポト。途中で落ちてしまった。

「あーあ」

なかなか取れないボンに百点が言う、

「UFOキャッチャーごと買って、家でやればいいんじゃない」

三国家の財力ならたやすいことだ。

「いや、次こそ取ってみせる」

ウィーン、カチ、ウィーン、パッ、ポト。

「や、やったぁ、お兄ちゃん！」

ボンは二十回目にしてヨッタ人形を取った。

「はい」

ボンはヨッタ人形をポンちゃんに渡した。

「ありがと、お兄ちゃん」

ボンはその場にしゃがみこんだ、

「あー、疲れた」

「ハハハハハハ」

僕たち六人はおかしいというか、ホッとしてつい笑い声が出てしまった、

「ハハハハハハ」

# 17 V

僕たちはシュークリームさんに、ポンちゃんが見付かったことを報告しに行くことにした。

「今度は離さないよ」

ポンちゃんはそう言ってボンの手を握った。

「もう大丈夫だよ、空いてるから」

ボンの言葉でふと思ったけど、階段ターはガラガラ、というか人っ子一人いなくなっていた。

「百点、何で誰もいないんだ?」

百点は階段の踊り場に立つ、

「賞味期限切れだね」

食べ物？

「なーんだ、ターもたいしたことないね」

ポンちゃんの言葉に百点が反応する、

「じゃあ、もう一度階段を沢山の人で埋めてみせようか？」

「出来るのか？」

「僕の頭脳を以てして、出来ないことはない」

百点はそう言うと、リュックの中からマジックを取り出した。僕はピンときた。

「まさか、エ。と書くんじゃないよな」

「……」

百点はマジックをリュックにしまい、

「ぼ、僕についてきて」

と、歩き出した。

僕たちは百点についていき三階に着いた。絶え間なく人が上がり下りしているエスカレーターの横を通り、スポーツ用品店ビビビクトリーに入った。

「百点、この店に階段を人いっぱいにするものが置いてあるのか？」

「そう、ターに替わるものをここで調達するんだ」

百点はそう言うと店内を見回り始めた。他の四人も、

「タッパーちゃん、卓球のラケットあるよ」

「本当だ、やりたいなぁ」

「お兄ちゃん、このヘッドカバーかわいい」

「この前ゴルフセット買ってもらったばかりだろ」

と、おのおの勝手に見て回っている。

「レーズン」

百点が僕を手招きする。

「何？」

「僕はグローブ探してくるから、レーズンは夫婦《めおと》茶碗《ちゃわん》探してくれないかな」

「夫婦茶碗？」

「ふむ」

「ここには売ってないだろ？」

百点は首を横に振りながら溜め息をつく、

「探す前から諦める奴とは思わなかったよ。僕はとても残念だよ」

「わ、分かったよ。探してみるよ」

僕は九〇％、いや、九八％ここには売ってないだろうと思いながらも、残り二％にかけて探すことにした。


スポーツ用品店内をくまなく探したが、やっぱり夫婦茶碗は置いてなかった。

「レーズン」

うさぎが呼びにきた、

「もう買い終わったから行くよ」

「う、うん」

僕が店を出ると、みんなはそれぞれ袋を持って待っていた。

「レーズン何やってたんだよ」ボンが聞く。

「百点に頼まれた夫婦茶碗探してたんだよ」

「うちには置いてないねぇ、ハハハ」

五人の横に立っているガッチリとしたおじさんが言った。

「だ、誰ですか？」

おじさんはつけているエプロンを見せる。エプロンにはVスリーと書いてあった。

「ビビビクトリーの店長さ」

百点が店長さんに頭を下げる、

「僕が一緒に来て下さいと頼んだの」

「何で？」

「階段ターに必要だから」

「……ふーん」

「それよりレーズンもおかしな奴だな、ビビビクトリーで夫婦茶碗探すなんて」

ボンに言われた僕は、百点に助けを求めた、

「置いてないと思ったけど、探してみないとなぁ」

「一〇〇%置いてないよ」

ひ、百点⁉

「ハハハハハ」

二％にかけた僕がバカだった……。


六人とＶスリー店長は階段ターに向かう。

「みんなありがとうね。うちで買い物してくれて」

「いいえ、これから必要なので」

百点が答えると、他の四人が申しわけなさそうに言う、

「私たちは違うけどね」

そういえば、僕以外のみんなはＶスリーの袋を持っていた。

「何か買ったの？」

百点から、

「僕は階段ターに必要なグローブ」

「卓球のラケットよね」うさぎ。

「うん。私も」タッパー。

「運動靴買った」ポンちゃん。

「僕もね」ボン。

いいなぁ……。

エレベーター、エスカレーターの混雑ぶりがうそのように階段ターは空いていた。

僕たちは踊り場に立ち、百点に注目する。百点はグローブの入った袋をリュックの中にしまった。

しまうの？

そして、Ｖスリーの店長を呼び、踊り場の壁ぎわに立たせた。

どういうことだろう？

百点はＶスリー店長を残し、僕たちのところに戻ってきた。

「店長さん、お願いします」

百点の言葉に反応したＶスリー店長は、右手をＶサインにして前に突き出した、

「ビビビクトリー」

……どういうこと？

百点は僕たちに聞いてきた、

「店長さんの右手、何かに見えない？」

タッパーがジーと見る、

「ピース」

「違う」

ポンちゃんも答える、

「ジャンケンのチョキだ」

「それも違う」

うさぎが自信なさそうに言う、

「Mかなぁ」

「それは、さっきだろ！」

百点がめずらしくツッコんだ。

僕たちはもう一度注目する。

ジ――。

ずっと上げているせいで、Vスリー店長の右手が少しずつ左に傾いてきた、

「まだかい？」

辛そうなVスリー店長に百点が励ます、

「もう少し頑張って下さい。スポーツマンでしょ」

「オ、オウ」

気合は入っているが、手はだんだん傾いてきた。

「……もしかして、レ。じゃないか？」

僕の意見に百点がうなずいた、

「その通り、Vが左に傾くと、レ。になるでしょ」

た、確かに見えるけど……。

「さっきのターと同じさ、エレベーター、エスカレーターにあって階段にないもの。それが『レ』さ、これで階レ段ターの出来上がりさ」

で、でも、これでお客さんたちが階段を利用しだすとは思えない……。

ぞろぞろぞろ。

四階から下りてくる人や、二階から上がってくる人が、湧いて出てくるように階段を利用し始めた。そして階段は人でいっぱいになった。

ターに続いて、レまでもが人を集める力があるなんて……そう思っている僕たちの横を、「またエスカレーター故障したらしいぜ」「しょうがないから階段使お」などと話しながら、沢山の人が通りすぎていった。

僕たちはシュークリームさんに報告を終えた「度々申しわけありません。修理中のため階段かエレベーターを利用して下さい」と、貼り紙がしてあるエスカレーターの前に来た。

「百点」

「何？」

「グローブ使ってないよね」

「……ごめん、前からほしかったんだ」

「そう……」

いいなぁ……。

# 18 タッパーに続け

やっと今日の目的、おやつを買うために食料品売場にやってきた。僕がレジ横のカゴを一つ持ち、お菓子コーナーに向かう。

野菜コーナーを通りすぎたところで、タッパーが漬け物コーナーの方に歩いていく。お客でいっぱいなので迷子になってはいけないと、僕たちもタッパーについていく。タッパーは漬け物コーナーに置いてある小皿にのった試食の沢庵を一つ口に入れた。

「いらっしゃい」

白い帽子を被った二十代の男性店員がタッパーに声をかける、

「おいしい?」

「はい。今日の晩ごはんにします」

「ありがとう」

「いいえ」

タッパーはランドセルからチャーハンの入ったタッパーを出した。

昼入れたタッパーだ。

タッパーは半透明の蓋を開け、チャーハンの上に沢庵を並べていく。

「ち、ちょっとお嬢ちゃん」

「はい？」

「買ってくれるんじゃないの？」

タッパーは目を見開きビックリする、

「ま、まさか。とんでもないですよ」

「そ、そんなに驚かれてもね。試食というのは沢山の人に沢庵を買ってもらうために置いてあるんだからね」

「ご、ごめんなさい。うち貧乏だから」

「わ、分かったよ。今入れた分だけだよ」

「ありがとうございます」

「いいえ」

その時、マントヒヒ似が割り込んできた、

「ちょっと、ガキの相手してないで、その梅干し一粒ちょうだい」

「一粒だけは売れないんですけど」

店員さんが謝るけど、ヒヒ似は引き下がらない、

「じゃあ、一粒タダでちょうだい」

店員さんも我慢できず、十粒入りパックを見せる、

「我がままなヒヒだな、パック売りだから、それ持ってけよ」

「いらないわよ！」

マントヒヒ似はそう言うと僕たちを見る、

「また会ったわね。あんたたちのせいで、さっきはバナナ代払わされたわよ」

「自分が食べたんだから、当たり前じゃないですか」

「マントヒヒ似の逆襲は、まだ終わらないわよ」

マントヒヒ似はお客の中に消えていった。

似ていることは認めたんだ……。

「沢山もらったから、明日のお弁当にも入れよ」

タッパーの独り言が聞こえた店員さんが、僕たちに聞いてきた、

「明日は弁当なの？」

百点がうなずいた、

「はい。僕がテストをやれば百点ばかり取ってしまうことから、百点と呼ばれている片岡学です」

「は？」

みんなで、

「は？」

「す、すいません。明日は遠足なんです」

僕がフォローした。

「あ、え、遠足ね。だから弁当なんだ」

「はい」

店員さんはニコッと笑い、自分の背後を指さした、

「あそこ見てみ」

店員さんの背後には、元気なおばちゃんがウインナーを焼いていた。

「いらっしゃーい。新発売のウインナーですよー」

「ウ、ウインナーだ」

タッパーの目が光った。

「俺が、あのおばちゃんに話しかけてこっち向かせるから、その間にウインナーをタッパーに詰め込んでみないか」

百点が横目で店員さんを見る、

「漬け物屋、おぬしも悪よのぉ」

「お侍様こそ」

「ウヒョ、ウヒョ、ウヒョヒョヒョ」

二人ともテレビの観すぎ！

「どう？　やる？」

「でもなぁ」

僕が迷っていると、うさぎが、

「タッパーちゃんのためになるし」

ポンちゃんが、

「面白そう」

と、のる気満々だった。

「よし。じゃあ、やってみるか」

「うん！」

僕たちは漬け物コーナーの横で試食販売しているおばちゃんに近付いた。

威勢のいいおばちゃんの周りには、お客さんが沢山集まってウインナーをつまんでいる。

「いらっしゃーい。新発売ですよー」

タッパーがランドセルから新しいタッパーを出した。準備ＯＫということで、僕は店員さんに合図を送った。

店員さんもＯＫという合図を返してきて、おばちゃんに近付いた。

作戦開始！

タッパーが蓋を開ける。店員さんが話しかける、

「あのさ、おばちゃん」

タッパーがつまようじでウインナーを差す。店員さんは話を続ける、

「後ろの小学生が、ウインナー持っていこうとしていますよ」

な、何⁉

おばちゃんは振り返りタッパーと僕たちを見る。タッパーの手は止まった。

百点が横目で店員さんを見る、

「漬け物屋、おぬし裏切ったな」

店員さんはニコッと笑う、

「おばちゃん、この子にウインナーあげてくれませんか」

「え？」

百点は刀をさやに戻した。

おばちゃんは焦げないようにウインナーを箸で転がしながら聞く、

「どうしてだい？」

「この子たち明日遠足なんだって。で、この子が貧乏で弁当のおかずがほしいらしいんですよ」

「そうなのかい？」

「私たち貧富の差がはげしいんで……」

「分かった。じゃあ、新しいの焼いてあげるわ。そのかわり」

おばちゃんは店員さんを見る、

「後でキムチ買うから安くしてくれない」

「いいですよ」

店員さんはうなずいた。

タッパーは新しく焼いてもらったウインナーをタッパーに詰め、ランドセルに戻した。

「ありがとうございました」

おばちゃんは箸を振りながら言う、

「お礼なら、漬け物売ってるお兄ちゃんに言いな」

僕たちは漬け物コーナーに戻る、

「ありがとうございました」

店員さんは照れ臭そうに言う、

「お礼なら、ウインナー焼いてくれたおばちゃんに言いな」

僕たちはおばちゃんのところに戻る、

「ありがとうございました」

おばちゃんは新しいウインナーを焼きながら言う、

「お礼なら、お兄ちゃんの方にいいな」

僕たちは漬け物コーナーに戻る、

「ありがとうございました」

店員さんは新しい沢庵を切りながら言う、

「お礼なら、おばちゃんの方にいいな」


僕たちは結局漬け物コーナーと、おばちゃんのところを十六往復したところでやめた。

タッパーが先頭でおやつコーナーに向かっていると、おいしい匂いに誘われ惣菜コーナーに着いた。

「何か、ほしいの？」

うさぎがタッパーに聞いた。

「だし巻き玉子と魚フライがほしい」

「買ってあげようか？」

ボンが言うと、タッパーは首を横に振る、

「駄目よ。昼ごはんに文具セット、卓球のラケットも買ってもらったんだから」

「でも、ほしいんだろ」

「うん。だから自分で手に入れてみせるわ。しかも、ただで手に入れてみせる」

タッパーはそう言うと、キョロキョロと誰かを探し始めた。そして僕たちに言う、

「ねぇ、あの人見て」

タッパーが指さす方を見ると、四十代のおじさんが買い物をしていた。後ろ姿なので誰かなぁと思ったけど、うなじが誰かを表していた。

「あのうなじのMは……」

「マジシャンだ」

ポンちゃんが元気よく言った。

僕たちは人ごみを掻き分けてマジシャンに駆け寄った、

「どうも」

マジシャンは振り返り僕たちを見る、

「ま、また君たちか」

「さっきはトランプ手品、ありがとうございました」

「いやいや、っていうか私はマジシャンではな……」

「あの」

マジシャンが言い終わる前にタッパーが声をかけた。

「た、頼むから最後まで聞いてくれないかな。私はマジシャンではな……」

「ハト出せます？」

「出せるわけないでしょ、私はマジシャンではな……」

「見たい！」

うさぎが跳ねた。

マジシャンは嫌な予感がしたらしく慌てて言う、

「ち、ちょっと君たち、こんなところで変なこと言いださないでくれよ」

「見っせって、見っせって、見っせって」

百点が見せてコールを始めた。

「ア――」

マジシャンは頭を抱えた。

「見っせって、見っせって、見っせって」

僕たちも見せてコールに加わった。

「や、やめなさいって」

「見っせって！　見っせって！　見っせって！」

周りで買い物をしていたお客さんたちも、意味は分かっていないと思うけど見せてコールに加わった。

「見っせって！　見っせって！　見っせって！」

一階食料品売場は見せてコールの大合唱になった。

大勢の見せてコールの中心にいるマジシャンはポツリ呟いた、

「……やります」

「イエ――!!」

僕たちを含めた大勢のお客さんたちが大喚声を上げた。

大喚声が終わると、さっきとは打って変わって沈黙してマジシャンに注目する。

マジシャンはやけくそ、といった感じで、

「どうにでもなれ！」

と、ポケットから出した白いハンカチを真上に投げた。

バッ……バタバタバタバタ。

な、何と、そのハンカチが宙を舞い、羽根を広げ飛んでいった。

ハトだ。白いハトが出てきた……。

「す、すごい……」

誰よりも先にそう言ったのは、マジシャン本人だった。

「ウォ――!!」

食品売場にまた大喚声が上がった。

「い、いや、自分でもどうしてハトが出てきたのか驚いているぐらいだから、私は決してマジシャンではな……」

「マッジッシャン！　マッジッシャン！」

マジシャンが言い終わる前に、百点がマジシャンコールを始めた。

「マッジッシャン！　マッジッシャン！」

僕たち、お客さんたちもマジシャンコールに加わり、食料品売場はマジシャンコールの大合唱になった。

「マッジッシャン！　マッジッシャン！」

マジシャンは諦めるというか、開き直り、カゴを持っていない方の右手を上げその場を離れていく。

「マジシャンさん待って下さい」

惣菜コーナーのおばちゃん店員が呼び止めた。

「はい？　サインですか」

少し図に乗っているマジシャンを、

「ハトが惣菜に乗って売り物にならなくなったから買ってよ」

と、少し図に降ろした。

「は、はい」

「ラップしてあるから食べられます」

おばちゃん店員はそう言って、十パックほどマジシャンのカゴに入れた。

「ありがとうございました」

マジシャンは財布の中身を気にしながらレジの方に歩いていった。

後に、このおじさんがマジシャンを目差し、数年後に遅咲きのスーパーマジシャンと世間から呼ばれるとは、この時誰も思っていなかった……。

タッパーがおばちゃん店員に声をかける、

「この玉子と魚フライのパックにも、ハトが乗ったような気がするんですけど」

「本当？」

「多分」

おばちゃん店員はレジの方を見る、

「マジシャンはもう行っちゃったみたいだね。どうしようかねぇ」

考えているおばちゃん店員にタッパーが言う、

「あの、もらってもいいですか？」

「そうねぇ、売り物にならないからいいわよ」

タッパーはパックを二つ受け取った、

「ありがとうございます」

「ラップかかっているから食べれるからね」

「はい！」

……さすがタッパーだ。明日の弁当のおかず、沢庵、ウインナーの他に、だし巻き玉子と魚フライまでただで手に入れるなんて、だてに貧乏生活やってないや。

# 19 バナナはおやつに入るんですか?

お菓子コーナーは食品売場のほぼ中央にあって、周りに比べたら空いていた。おのおの選んだお菓子を僕が持っているカゴに入れていく。

百点がチョコを選んだ、

「激辛チョコ買ってみよ」

激辛⁉

ポンちゃんがせんべいを選んだ、

「昔ながらのせんべい、スーパーエクセレントダイナミックせんべい買おっと」

昔ながらっぽくない名前だなぁ……。

タッパーがスナックを選んだ、

「味はまずいが量は多い、質より量スナック買お」

まずくちゃダメ。

ボンがガムを選んだ、

「ダムのようなガム、ダムガム買おっと」

どんなだよ⁉

うさぎがキャンディーを選んだ、

「グリーンまで八〇ヤードで風はフォローですキャンディー買おっと」

キャディー？

僕の持ったカゴに次々とお菓子を入れていき、一人三百円分入れ終わったところでレジに向かう。途中果物コーナーの横を通る時、ふと思った、

「バナナはおやつに入るんだっけ？」

百点のメガネがキラッと光った、

「りんごはおやつに入るんだろうか？」

うわ！　逆に質問しやがった！

「りんごはおやつに入らないよ。それよりバナナだよ」

うさぎの目がキラッと光った、

「麻婆豆腐はおやつに入るよね？」

うわ！　まただ！

「ボン、答えてやってくれ」

「う、うん。麻婆豆腐はおやつでは……」

「おやつよね？」

うさぎに見つめられたボンは、

「麻婆豆腐は……おやつです」

「絶対違うよ！」

結局バナナはおやつに入るのかどうか分からないまま、果物コーナーをすぎレジに着いた。レジはどこも人が並んでいたので、六人いるとじゃまになると思い、ボンとポンちゃんとタッパーから三百円ずつ受けとった、僕とうさぎと百点が並ぶことにした。

少し待つと僕たちの順番がまわってきた。レジにカゴを置こうとしたら、後ろから誰か割り込んできた。

「どきなさいよ、ガキ」

マントヒヒ似だった。

「何をするんですか、マントヒヒさん」

「うるさいわね、うさぎのくせに」

マントヒヒ対うさぎ2。

「まぁ、いいじゃないかうさぎ、動物にはやさしくしよ」

「そ、そうね」

百点もフォローする、

「マントヒヒはとても頭の良い動物なんですよ」

「私は人間よ。マントヒヒ似の人間！」

やっぱり似ていることは認めた。

マントヒヒ似はレジにカゴを置き、会計し始めた。カゴの中はバナナしか入っていなかった。そんなバナナ好きのマントヒヒ似に聞いてみた、

「ヒヒ似さん」

「何よ、うるさいわね」

「バナナはおやつに入るんですか？」

マントヒヒ似はお金を払いながら、

「主食よ。私の主食！」

と言い、レジを離れていった。

僕は、バナナがおやつに入らないことが分かり、家にあるバナナを明日リュックに入れていくことを決めた。

レジにカゴを置き会計をしてもらう。三百円×六人だから千八百円を払う。

「二千三百円です」

「え？」

僕は焦りながら財布から五百円出した。


三人と合流して六人そろったところで僕は口を開いた、

「コラ！」

ボンが驚く、

「どうしたんだよ」

「誰だよ余分に買ったのは？」

五人とも手を上げた。

「じゃあ、何でその分のお金を僕に渡してくれなかったんだよ」

タッパーが答える、

「だって、レーズン君が三百円渡せって言ったから」

「分かったよ。じゃあ、返して」

僕が手を出すと、五人は首を横に振った。

「何でだよ。払えよ」

百点が言う、

「それでも男かよ」

うさぎも付け加える、

「男に二言はないはずよ」

「いや、そういう問題じゃないだろ」

五人は無視するかのように、自分が選んだお菓子をビニール袋に入れ始めた。

ガックリしている僕の肩をポンと誰かが叩いた、

「どうしたんだい?」

マントヒヒ似だった。

「いや、べつに……」

マントヒヒ似はニコッと笑い、

「さっきは割り込んで悪かったわね」

「え？　あ、はい」

「かわりにバナナあげるわ」

「いえ、いいです」

マントヒヒ似は買ったバナナを一本もぎ取り、僕のリュックの中に押し込んだ。

僕はいらないなぁと思いつつお礼を言う、

「ありがとうございます」

「いいわよ、ヒヒヒヒヒ」

「……」

ヒヒ笑いをしながら人ごみに消えていくマントヒヒ似の後ろ姿を見ていると、すごく嫌な予感がするのだった。

# 20　僕のピンチ

僕たちはお菓子の入った袋を片手に持ち水玉屋を出る。自動ドアが開き、入ってくる人たちをさけ外に出た。その瞬間！

「ちょっとそこの六人組」

うさぎがふり返る、

「私たち、瞳とフムフムズのことですか？」

二人の警備員の太い方の人が答える、

「フムフムズかカクカクズか知らんが、君たちのことだよ」

「僕たちに何の用ですか？」

細い方の警備員さんが答える、

「ちょっと聞きたいことがあるから、来てもらえるかな」

僕たちは警備員さんに促され、奥の事務所に連れていかれた。

小さな事務所のパイプ椅子に六人並んで座った。

太警備員さんがうさぎを指さした、

「まず君から」

うさぎが手を上げた。

「はい。ま！　マイクロバスに」

ボンが続く、

「ず！　ずっと乗っていると」

ポンちゃんが続く、

「き！　気分が悪くなり」

タッパーが続く、

「み！　みんなが心配して」

百点が続く、

「か！　看病してくれる」

僕がオチを言う、

「ら！　らしい……」

オチなかった……。

細警備員さんが注意する。

「べつに、マズキミカラで、アイウエオ作文やれって言ってないでしょ。カバンの中を見せてほしいんだよ。カバンの中を」

今度は僕を指さした。僕はリュックを警備員さんに渡す。リュックを調べ始めた太警備員さんがあるものを握った、

「このバナナは何だい？」

「あ、そのバナナだったらマントヒヒ似にもらったんです」

「マントヒヒ似？」

「はい」

細警備員さんは首を傾げる、

「そのマントヒヒ似が教えてくれたんだよ。君たちの一人がバナナを万引きしたって」

僕は椅子を蹴り、立ち上がる。

「う、嘘だ！　いらないって言ったのに僕のリュックの中に押し込んだんだよ」

「まぁ、座りなさい」

僕は細警備員さんに促されパイプ椅子に座った。

「君が万引きしたんだろ？」

「だからしてないですよ！」

百点が立ち上がる、

「万引きするぐらいなら、綱引きする奴ですよ」

ボンも立ち上がる、

「そういう奴ですよレーズンは！」

女子三人も立ち上がる、

「そうよ！」

み、みんな……。

二人の警備員さんは少したじろいだが、逆に怒ってしまった、

「き、君たちのカバンも調べさせてもらうよ」

ボンのリュックから調べ始めた。中からは大量の札束が入っている財布、携帯電話など

が出てきた。

「き、君はお金持ちかい？」

「はい」

次にポンちゃんのリュックを調べた。中からは大量の札束が入った財布、携帯ゲーム機などが出てきた。

「き、君もお金持ちかい？」

「ポン」

二人の警備員さんは首を傾げる、

「友達にこんなお金持ちがいるのに、バナナ一本万引きするかなぁ？」

次に百点のリュックを調べた。中からは参考書、辞書などが出てきた。

「君は勉強できるでしょ？」

「もちろん」

次にうさぎのリュックを調べた。中からはテレビのリモコン、ステレオのリモコンなどが出てきた。

「い、家の人が困らないかい？」

「はい」

次にタッパーのランドセルを調べた。中からはチャーハンの入ったタッパー、惣菜などが入ったタッパーが出てきた。

「な、何だね、これは?」

「今晩のごはんと明日の弁当のおかずです」

半透明の蓋から見えるウインナーを見た太警備員さんが聞く、

「これ試食のウインナーでしょ。こんなに持ってきちゃダメじゃないか」

「いえ、もらったんです」

「君は貧乏なのかい?」

「はい」

二人の警備員さんはうなずいた、

「友達にこんな貧乏がいるんだから、バナナ一本でも万引きするな」

「だから僕は万引きなんてやってません!」

うさぎがフォローする、

「万引きするぐらいなら、値引きする人よ」

ボンもフォローしてくれる、

「そういう奴ですよレーズンは」

他三人もうなずく、

「そうだよ！」

み、みんな……。

二人の警備員さんは少したじろいだが、逆に迷ってしまった、

「値引って、何をだろう？」

細警備員さんが電話機を僕の前に置く、

「一応親御さんに来てもらうことになっているから、お家に電話して」

「だからレーズンはやってない……」

「もういいよ」

僕はボンを止め、

「みんな、ありがとう」

と言い、受話機を持つ。

「いいの？」

僕はうさぎにうなずき、

「お父さん、お母さんなら僕のこと信じてくれるから」

と言い、ボタンをプッシュした。

ピポパポピポ、プルルルル、プルルルル、プルルル。

「はい、藤田です」

「お父さん」

「良伸か、どうした」

「今、水玉屋にいるんだけど」

そこまで言ったところで事務所のドアが開いた。

ガチャ。

全員が振り返ると、男の人が入ってきた、

「いやー、君たち待ったかい」

髪が七三分け、白いカッターシャツに小豆色のネクタイ、紺色のスラックスを穿いた四十代のおじさんが僕たちに声をかけてきた。

「……」

誰だろう？　考えていると、そのおじさんはハンカチで額の汗を拭く、

「いや、店員さんに聞いたら教えてくれたよ。うさぎと侍なら事務所に連れていかれたってね」

「……」

誰だろう？　考えていると、おじさんはハンカチをポケットにしまう、

「急いだから、思ってたより早く着いたよ」

太警備員さんが驚いている、

「と、とてつもなく早いですよ。今、電話したところですから」

ど、どうやら僕のお父さんと勘違いしているみたいだ。そんなに早く来れるわけないじゃん！

おじさんはお腹をおさえる、

「これでも、来る途中カレーうどん食べてきたんですよ」

その言葉を聞いたタッパーがヒソヒソと僕に耳打ちする、

「チャンスマンよ」

「え？」

「私聞いたことあるの。チャンスマンはカレーうどんが大好物だって」

僕はチャンスマンに注目した。白いカッターシャツに点々と黄色い染み、多分カレー汁の染みがついてる以外は普通のおじさんに見えた。

細警備員さんがチャンスマンをパイプ椅子に座らせる。

「お父さん」

「え?」

チャンスマンは手を横に振る。

「私は独身ですよ」

「え?」

チャンスマンは持ってきたカバンの中から、タスキを出し肩にかけた。そのタスキには「チャンスマン」と書いてあった。

「どんなピンチでもチャンスにしてしまっていることで最近噂のチャンスマンです」

ポンちゃんが喜ぶ、

「わー、チャンスマンだ」

チャンスマンはポンちゃんの頭をなでる、

「じゃあ、そろそろ女の子捜しにいこうか」

「とっくに見付かりました」僕が言った。

「え？」

驚いているチャンスマンに太警備員さんが声をかける、

「お父さんじゃないんですか？」

その言葉を聞いた僕は、とってもいい案が浮かんだ、

「お父さん」

僕はチャンスマンをそう呼んだ。そう、チャンスマンをお父さんに仕立てあげることにしたのだ。本物のお父さんは僕のこと信じてくれると思うけど、心配させないことにこしたことはない。

僕の案を察知したボンが続く、

「お久しぶりです。レーズンのお父さん」

ポンちゃんも続く、

「チャンスマンに見せかけたレーズンのお父さん、久しぶり」

「私は本物のチャンスマンだよ」

チャンスマンを無視するかのようにタッパーも続く、

「この前はカレーうどん、ごちそうさまでした」

百点も続く、

「どうもお久しぶりです。少し老けましたね」

うさぎも続く、

「こんにちは、女子学級委員をしている川村瞳です。みんなからはなぜかうさぎと呼ばれています。今後もよろしくお願いします」

「よろし……いやいや、私はチャンスマンだよ」

「まぁまぁ、お父さん」

太警備員さんに促され、チャンスマンはデスクの前に座らされた。

細警備員さんが事務所のドアを開ける。

「あとはお父さんとお話するから、君たちはもう行っていいよ」

「はい！」

六人で返事をして、

「お父さん、あとはお願いします」

僕はチャンスマンに挨拶して事務所を後にした。

「お、おい、私はチャンス……」

バタン！

# 21 帰り道

僕たちはホッとしながら駐輪場に向かう。ボンが口を開いた、

「チャンスマンて、意外に普通のおじさんだったね」

うさぎが驚く、

「え？　レーズンのお父さんじゃないの？　私アピールしちゃった」

「!?」

ボンがいろんな意味で驚いた。

「そ、それよりよかったのかな、僕のお父さんの代わりしてもらって」

百点が答える、

「ピンチをチャンスに変えてしまっている人だから、自分のピンチもチャンスに変えてし

まっているよ」

「そうだな」

結果的にピンチをチャンスマンに救ってもらった僕たちは、自転車に乗り水玉屋を離れた。


夕日を背中に浴びながらボンの家に向かう途中、朝できなかったしりとりにチャレンジすることにした。まず先頭の僕から始める、

「パンしりとり、レーズンパン」

「……」

「次、タッパーだよ」

タッパーは目を細める、

「ン、ついてるよ」

僕が一番後ろに下がると、百点が注意する、

「パンしりとりなんて駄目だよ。パンでンがつくんだから。最後にパンとつかないパンならいいけど」

「ご、ごめん。あんまりないよな」

「クロワッサンとかならいいけどね」

「そうかクロワッサン……ンついてるよ！」

タッパーが先頭で始める、

「動物しりとり、ぎゅう」

うしじゃなくてぎゅうね、タッパーらしいといえばタッパーらしいや。

ポンちゃんが続く、

「う？　う、う、うさぎ」

「ダメ。うさぎは私が言いたい」

うさぎが我がままを言った。

「じゃあ、うし」

ぎゅうと一緒だけど、まぁいいか。

ボンが続く、

「し？　しか」

「ダメ。か、はいや」

またうさぎが我がままを言った。どうしてもうさぎと言いたいらしい。

「し、で始まって、う、で終わる動物かぁ……」

ボンはマウンテンバイクをこぎながら悩み始めた。そして出てきた答えは、

「新聞を読んでいるゾウ」

だった……。よく頑張った方だと思うよ。

うさぎが満を持して続く、

「う、うま」

何でだぁ――！　うさぎと言ってくれ――！

百点が続く、

「ま、マントヒヒ――！」

僕が続く、

「ヒ？　ひ、ひ」

「ち、違うよ」

百点が自転車から片手を離し前を指さす、

「ま、前見て」

百点が指さす方に目をやると、反対側の歩道を歩くおばちゃんの後ろ姿が見えた。あれは！

「マ」タッパー。
「ン」ポンちゃん。
「ト」ボン。
「ヒ」うさぎ。
「ヒ」百点。
「似」僕。

後ろ姿だけどハッキリ分かる。僕を万引き犯に仕立てようとしたマントヒヒ似が買い物袋をさげ歩いているのだ。水玉屋の帰り道が僕たちと同じ方向だったのだ。

「文句言いに行こうぜ」

怒り気味のボンを止める、

「ちょっと待った。僕にいい考えがある」

「何？」

僕は一旦みんなの自転車を止め、思い浮かんだ作戦を告げた、ヒソヒソヒソ。

ボンが手を叩く、

「グッドアイデア」

ポンちゃんが喜ぶ。

「面白そう」

タッパーがうなずく、

「賛成」

うさぎもうなずく、

「さっきの借り返さないとね」

百点が笑う、

「レーズンはそういうアイデアだけは、よく思い浮かぶな」

僕は右手を上げる、

「よし、作戦開始だ！」

「オー！」

僕たちは横断歩道を渡り、マントヒヒ似に気付かれないようにゆっくり自転車をこぐ。

近付いたところで自転車を止める。

「だーれだ?」

うさぎが後ろからそーっと近付き、マントヒヒ似の目を両手で覆った。

「こ、このフワフワ感は……」

マントヒヒ似はうさぎの着ぐるみの手を上からさする、

「分かった、アナゴでしょ、アナゴ」

手ないじゃん! ここ陸じゃん!

「当たり」うさぎが言う。

嘘じゃん! 人間じゃん!

うさぎが手を離すと、マントヒヒ似はふり返る、

「あ、あんたたち!?」

「また会いましたね」

「そ、そうね」

僕が頭を下げる、

「さっきはバナナありがとうございました」

「え？　い、いいのよ、それより何かなかった、警備員さんとか……」

ボンが首を傾げる、

「警備員さん？」

百点が僕を見る、

「何もないよな」

「うん」

これは作戦上の嘘です。

「な、何もなかったらいいのよ」

マントヒヒ似は下を向き小声で言う、

「チッ、役立たずの警備員だわ」

「え？」

「あ、な、何でもないわよ。それより私に何か用なの？」

「バナナのお礼がしたいと思いまして」

「い、いいのよ。そんなの」

ボンが胸を張る、

「僕、三国っていうんですけど」

「ポンも」

「え、三国って、玄関の前にペットボトルが三十本並べてあることで有名な三国家?」

「い、いえ、違ったことで有名な三国です」

「じゃあ、もしかして大金持ちの三国家?」

「はい。レーズンがバナナもらったお礼に、僕の家で夕食にご招待しようと思いまして」

「あの豪邸で?」

「ぜひ」ボン。

「ヒヒ」ポンちゃん。


僕の自転車にボンポン兄妹が二人乗りして、ボンのマウンテンバイクに僕が乗り、ポンちゃんのマウンテンバイクにマントヒヒ似が乗る。

「私一人暮しだから、夕食招待はうれしいわね」

「旦那さんは?」

「ずっと独身なの」

僕たちは口には出さなかったけど、やっぱりなと思った。

「でも、家族がいなくてよかったです」

百点に続きうさぎも言う、

「もしいたら、今日から離れ離れになっちゃいますからね」

「え？」

「い、いえ、何でもないです。さ、急ぎましょう」

百点とうさぎのせいで作戦がばれそうになったところを、ボンがはぐらかした。

途中すれ違う人たちが僕たちを見て、

「侍とうさぎとマントヒヒが自転車乗ってるぜ」

「どっかのサーカス団じゃないか」

と言いながら驚いていた。

太陽はほとんど西の川に沈み、僕たちは川ぞいの道を自転車のライトを光らせ、ボンの家に向かった。

# 22　ポンちゃんの家

マントヒヒ似がライトアップされた庭と洋館を見上げる。

「綺麗ねぇ」

「そんなぁ」

うさぎが照れる。

「あんたのことじゃないわよ！」

「あ、そうですよね」

ボンがうさぎを見る、

「うさぎも綺麗」

うさぎはそ知らぬ顔でタッパーと話している。ボンは寂しそうにベルを鳴らした。

門が開き、僕たちとマントヒヒ似は庭の石畳の道を歩く。

「噂には聞いていたけどすごい家ねぇ、ヒヒ肌立っちゃうわ」

鳥肌ではなくヒヒ肌らしい……。

その時、後ろでバシャンと何かが噴水に落ちる音がした。みんなでふり返ると予想通り百点が手足をバタつかせバシャバシャと楽しそう……いや、苦しそうにしている。

「おぼ、たす、おぼれ、たすけ」

僕は敢えて黙ったまま、その様子を見ていることにした、

「……」

すると、百点はザバッと立ち上がり、

「水を打ったような静けさだな」

と言う。どうやら、僕が出した沈黙の問題を理解してくれたようだ。

「さすが、百点」

僕が手を差しのべると、その手をマントヒヒ似が叩く、

「何がさすがよ。噴水に落ちたのよ」

「水を差さないで下さい」

今度は僕が問題に答えてみせた。

朝バスタオルを持ってきてくれたお手伝いさんが走ってきた、

「モニター見てたの」

そう言って、バスタオルでマントヒヒ似の顔を拭き始めた。

「な、何拭いてるのよ。私じゃないわよ」

お手伝いさんはバスタオルを手元に戻す、

「特殊メイクじゃないんですか」

「ち、違うわよ。生よ、生顔よ！」

「し、失礼しました」

お手伝いさんはずぶ濡れでつっ立っている百点を拭きながらボンに聞く、

「ご夕食の準備しましょうか」

「お客さんがいるので七人分用意して下さい。あと用意してもらいたいものがあるんです」

「はい、何でしょうか」

ボンはお手伝いさんに近付き耳打ちする。

ボソボソボソボソ。

「そ、そんなものをですか？」

「お願いします」

「かしこまりました」

どうやらボンは作戦上必要なものを頼んだらしい。

僕たちは邸内に入りエレベーターに乗る。百点だけはお手伝いさんに連れられ、別の部屋に入っていった。

二階の食事部屋に入ると、シャンデリアが僕たちを照らす。大きな窓からは、キラキラ輝く遠くの町が見渡せ、朝とはまた違ったゴージャスな雰囲気が漂っていた。

マントヒヒ似が席に着きながらキョロキョロする、

「何か映画に出演している気分ね」

うさぎが椅子に座る、

「だったら私が主役ね」

「何言ってるのよ。私でしょ」

映画『マントヒヒ対うさぎ』。近日公開？


ガチャ。

ドアが開くとお手伝いさんと百点が入ってきた。ただ百点の格好は侍ではなく、わらでできた腰巻きいっちょうに石槍を右手に持っていた。

原始人？

お手伝いさんが困っている、

「朝濡れた服が乾いたので、と申し上げたんですが、これを選ばれて……」

「そんな服あったっけ？」

驚いているボンの横を、満面の笑みの百点が席に着く、

「今日のテーマは歴史ね」

「そんな格好で夕食を頂くつもりかい」

マントヒヒ似の発言に百点が言い返す、

「マントヒヒ似さんに言われたくないですよ。その顔よりましですよ」

マントヒヒ顔と原始人姿……ヒヒ顔と原始人……どっちもどっちだ。

「まぁ外見はどうでもいいじゃん。中身だよ十二指腸だよ」

「そうだね」「そうねぇ」

二人は納得してくれた。

# 23　僕たちの作戦

ボンポン兄妹以外の四人は悪戦苦闘しながら、出されたフランス料理のフルコースを食べた。が、僕ら以上に苦戦していたのがマントヒヒ似だった。箸以外は使ったことがなかったらしく、フォークで髪を梳《す》いたり、スプーンを目に当て視力検査してみたり、ナイフをコンセントに差してしびれてみたりしていた。

「どうでした？」

マントヒヒ似は感電……いや、感激しながらボンに答える、

「とてもおいしかったわよ」

「よく味わってもらわないとね」

百点に続きうさぎも言う、

「もしかしたら、人間食最後になっちゃいますからね」

「え?」

「い、いいえ、こんな料理はなかなか食べれないと思いますので」

百点とうさぎのせいで作戦がばれそうになったところを、タッパーがはぐらかした。

ボンが席を立つ、

「じゃあ、お家までお送りします」

「御馳走してもらって、そこまでいいのかしら」

ポンちゃんも席を立つ、

「いいよ、ヘリだよ」

「ヘリコプター?」

「はい。エレベーターで屋上まで上がりましょう」

ボンを先頭に僕たちは食事部屋を出た。


作戦は順調に進行していく。僕たちとマントヒヒ似はエレベーターを使い屋上に着いた。

屋上にはライトに照らされたヘリコプターが二機停まっていた。

「すごーい」

みんな感激している中、一人違うリアクションする男がいた、

「さむーい」

そんな格好するからだよ百点……。

「バナナ一本で夢みたいだわ」

マントヒヒ似は二機あるヘリコプターの操縦士さんがいる方へ歩いていく、

「私ん家の近くにチワワ学園という高校があるから、そこの校庭に降ろしてくれればいいわ」

「ボ、ボン」

僕が大丈夫か？という意味で呼ぶと。

「分かってる」

ボンはうなずき、左手を上げ指をパチンと鳴らした。

すると、スポットライトがもう一つ付き、暗闇から鉄格子でできた小さな檻《おり》が現れた。

「何あれ？」

僕たち六人は横一列に並び、首を横に振る、

「い、いえ、何でもありません」

「そう」

マントヒヒ似は檻の横を通りすぎヘリコプターに乗り込む。

「やっぱりだめか」

僕たちの作戦はどうやら失敗に終わってしまった……と思いきや、マントヒヒ似は後ろ歩きで戻り、檻の中を気にする、

「な、何か入っていない？」

僕たち六人は横一列に並んだまま、首を縦に振る、

「はい、バナナです」

「バナナか、でも今はお腹いっぱいだからね」

マントヒヒ似はお腹を手で押さえながらヘリコプターに乗り込む。

「やっぱりだめか」

僕たちの作戦はどうやら失敗に終わってしまった……と思いきや、マントヒヒ似は後ろ歩きで戻り檻に近付いていく、

「明日の朝食にすればいいのよね」

僕たち六人は横一列に並んだまま、ダッシュできる体勢をとる、

「は、はい！」

マントヒヒ似は檻の中に入り、バナナを手にとった。

「今だ！」

僕たち六人はダッシュして檻に駆け寄り、僕が南京錠《なんきんじょう》をかける、

「引っかかったな、マントヒヒ似！」

「な、何ですって⁉」

「バナナのお礼ですよ」

「お礼？」

「今手に持ってるバナナ、僕を万引き犯にしようとしてリュックに押し込んだバナナですよ」

「万引き……あ！」

「僕たちはチャンスマンに助けてもらいましたけどね」

「ち、違うわよ。私はそんなつもりでバナナをあげたわけじゃないのよ」

「太細警備員さんがマントヒヒ似から聞いたって言ってました」

「ギク」

「マントヒヒ似には仲間たちの元へ帰ってもらいます」

「仲間？」

「はい、どこに降ろせばよかったんでしたっけ？」

マントヒヒ似はホッとしながら答える、

「なんだ、送ってくれるんでしょ。チワワ学園の校庭に降ろして」

僕は満面の笑みをマントヒヒ似に送り、振り返る、

「操縦士さん、ＺＯＯ動物園まで送って下さい」

「了解」

操縦士さんは左手で敬礼して、ヘリコプターのドアを閉めた。

「ち、ちょっと聞いてた。私の言ったこと聞いてた。動物園なんて言ってな……」

ヴォン！　ヴォンヴォンヴォンヴォン。

マントヒヒ似の言葉をかき消すかのように、ヘリコプターのローターが回り始めた。

「ちょっと！　止めなさいよ！」

マントヒヒ似は鉄格子を両手で握り締めながら叫ぶ、

「私は人間よ！　動物園なんか行きたくないわよ！」

ヴォ――ン。

ローターの回転数が上がり、地面から風が吹き上がる。

「みんな、下がって」

ボンの指示で僕たちはヘリコプターから距離を置く。

ヴォ――ン。

ヘリコプターはフワッと浮かび、そのまま上昇していく。ヘリコプターと檻とをつないでいる頑丈な鎖《くさり》がピンと伸びる。

ヴォ――ン。

僕たちの服がバタバタと暴れる中、一人上半身裸の百点が寒そうにヘリコプターを見上げる。マントヒヒ似を乗せた檻もフワッと地面を離れ、揺れながら上昇していく。

「降ろせぇ――……」

マントヒヒ似の声は姿とともに小さくなり、そして夜空に消えていった。

ボンがプッと笑う、

「よくあんな作戦に引っかかったよな」

グッドアイデアって言わなかった？

百点が自分の格好を見る、

「原始的作戦だよな」

うさぎが自分の格好を見る、

「今時、野うさぎでも引っかからないわよ」

タッパーがニコッと笑う、

「私ちょっと引っかかりそうになったけどね」

ポンちゃんがうなずく、

「うん。タッパーちゃんよだれ出てたもん」

「ハハハハハハ」

僕たちは高らかに笑い、右手の拳を夜空に突き上げる、

「大成功!!」

## 24 Z z z

夜遅くなってしまったので、僕たちは自転車ごと三国家の専用バスで送ってもらい、家路に着いた。

「ただいまー」

「おかえりー」

僕はベッドの中で早く明日にならないかなぁ、明日の遠足楽しみだなぁ、なんて思いながら、いつの間にか眠りについていった……ZZZ……。

# エピローグ

翌日、ZOO動物園の遠足は絶好の晴天に恵まれた。

コアラやゾウ、キリンにライオンなどいろいろな動物を見物しながら楽しんだ。けど、僕たちが一番楽しみにしていたのは、もちろんマントヒヒ見物だった。
六、七匹いてどれがマントヒヒ似か最初は分からなかったけど、一匹だけ服を着ていたので分かった。
学年の違うポンちゃんのために、ボンがビデオカメラでその姿を撮影する。

「マントヒヒ似さーん」

僕たちが手を振ると、マントヒヒ似がバナナ片手に手を振り返す、

「みんな、ありがとう」

「え？」

「仲間が沢山いてとても楽しいし、ごはんは大好物のバナナだし、とても幸せよ」

「そ、そうですか……」

結果的に、僕たちはマントヒヒ似にとって、とてもいいことをしたことになってしまった……良かったね、マントヒヒ似さん。


昼食の時間、芝生の上でお弁当を食べてる僕たち五人のところに、吉村先生（二十九歳）が歩いてくる。

「先生も入れて」

百点がリュックの中からバナナを出し、先生に突き出す、

「一本あげます」

「……」

受け取らない先生の顔を、うさぎが覗き込む、

「どうしたんですか先生？　ハゲ鷹がバズーカ砲を食らったような顔して」

鳩が豆鉄砲！

「……ダメ!!」

先生が第二回大声だそうよ選手権、優勝ぐらいの大声を出した。

耳がキーンとしている僕たちを注意する、

「バナナはおやつですよ」

「え？　マントヒヒ似は主食だって……」

僕たち五人はバナナを持ってきていたため、おやつ代三百円を超えてしまい、その分のお菓子を先生に没収されてしまった。

マントヒヒ似にしてやられてしまった僕は、バナナを口に入れながら呟いた、

「バナナはおやつに入るんだ」

## 著者プロフィール

**前田 忍**（まえだ しのぶ）

1973年、愛知県犬山市に生まれる。
犬山市立犬山中学校卒業後、いろいろありつつ、
今だに愛知県犬山市に住む。
1982年、尾張富士第六回献書展でひまわり賞受賞。
1994年、普通運転免許（ＡＴ車限定）取得。
趣味は右折。

バナナはおやつに入るんですか？

2002年２月15日　初版第１刷発行

著　者　前田 忍
発行者　瓜谷 綱延
発行所　株式会社 文芸社
〒112-0004　東京都文京区後楽2-23-12
電話　03-3814-1177（代表）
03-3814-2455（営業）
振替　00190-8-728265
印刷所　図書印刷株式会社


ISBN4-8355-3283-X　C0093